SIMONE BUCHHOLZ
Eisnattern

Droemer

Besuchen Sie uns im Internet:
www.droemer.de

© 2012 Droemer Verlag
Ein Unternehmen der Droemerschen Verlagsanstalt
Th. Knaur Nachf. GmbH & Co. KG, München
Alle Rechte vorbehalten. Das Werk darf – auch teilweise –
nur mit Genehmigung des Verlags wiedergegeben werden.
Umschlaggestaltung: ZERO Werbeagentur, München
Umschlagabbildung: FinePic®, München
Layout und Satz: Michaela Lichtblau
Druck und Bindung: C. H. Beck, Nördlingen
Printed in Germany
ISBN 978-3-426-22623-0

2 4 5 3 1

Für den furchtlosen Rocco,
der nicht mal im Pestkeller Angst hatte.

Wenn du mich küsst,
dann ist die Welt ein bisschen weniger scheiße.

Kraftklub

INHALT

* * *

PROLOG 11

21. DEZEMBER:
Männer im Schnee 15

22. DEZEMBER:
Große Freiheit 37

23. DEZEMBER:
Gefrorene Glühwürmchen 57

24. DEZEMBER:
Ich wollte nicht alleine sein 73

25. DEZEMBER:
Sie sind weg 85

26. DEZEMBER:
Snake Plissken 105

27. DEZEMBER:
An die Liebe glauben ist gar nicht so einfach 125

28. DEZEMBER:
Knock-out 143

29. DEZEMBER:
Auf dem Dachboden deines Lebens 157

ACHTUNG:
Wer böse war, kommt in den Keller 175

30. DEZEMBER:
Manchmal ist es drinnen kälter als draußen 201

31. DEZEMBER:
Raketen, Baby 209

PROLOG

Zwei Männer, in rotes Licht getaucht. Sie sitzen sich gegenüber. An einem quadratischen Tisch, in einem rechteckigen Restaurant unweit der Reeperbahn auf Sankt Pauli.
Der eine Mann ist klein, seine dunklen Haare sind akkurat geschnitten und nach hinten gekämmt. Er trägt einen schwarzen Mantel über seinem hellen Anzug und schwarze Lederhandschuhe über seinen unruhigen Händen.
Der andere ist groß und breitschultrig, seine hellbraunen Locken fallen ihm bis über die Ohren. Er trägt eine dicke Lederjacke und dunkle Jeans. Er ist noch jung, sieht aus wie ein Sportstudent. Er sieht aus wie einer, der nicht hierhergehört.
Der Laden ist offiziell ein italienisches Restaurant, aber alle außer den Touristen wissen, dass hier Alba-

ner die Chefs sind. Die Wände sind rot gestrichen, die wenigen Lampenschirme sind auch rot. Abends, wenn auf allen Tischen Kerzen brennen, ist das Licht sehr gemütlich, dann glitzern die an der hinteren Wand aufgereihten Spirituosenflaschen wie Perlenketten. Jetzt, am Tag und ohne die Kerzen, ist das alles ein bisschen zu rot. Die Flaschen sind zum Zerspringen gespannt, und im Raum herrscht ein Licht wie in der Vorhölle. Der abgetretene Dielenboden stöhnt unter jedem Schritt, und es wäre nicht verwunderlich, wenn er voller Falltüren in die Dunkelheit wäre.

Vor den Fenstern schneit es. Hin und wieder kann man in der Ferne das Nebelhorn eines Schiffes hören. Sonst hört man nicht viel. Draußen hat der Schnee Sankt Pauli mit einer ungewöhnlichen Stille bedeckt. Drinnen ist die Musik leise und zurückhaltend, flüsternder alter Diskosoul. Und zwischen den beiden Männern wabert das, was man ein unbehagliches Schweigen nennt. Sie sehen sich an, als hätten beide seit Jahren nicht mehr gelächelt.

Nach einer ganzen Weile zündet sich der mit den kurzen dunklen Haaren eine Zigarette an und sagt:

»Du weißt, was mit Männern passiert, die mich verarschen wollen?«

»Sind so tot wie frittierte Hühnerärsche.«

»Correctamundo.«

Der Dunkelhaarige zieht an seiner Zigarette, bläst den Rauch in die Luft und sieht an die Decke, als gäbe es da etwas zu finden. Dann schaut er zurück zu dem

Lockenkopf. Seine Blicke sind jetzt so scharf wie eine Lkw-Ladung Samuraischwerter.

»Sehe ich aus wie eine Schlampe?«

»Nein.«

»Warum versuchst du mich dann zu ficken wie eine Schlampe?«[1]

---

1 Quentin Tarantino ist der größte Filmemacher aller Zeiten. Schöne Grüße, die Autorin

21. DEZEMBER:
Männer im Schnee

Wenn man alleine ist und es gibt nichts zu tun, hat man im Grunde nur zwei Möglichkeiten: aus dem Fenster starren wie eine alte Katze oder in die eigenen Abgründe starren.
Beides möchte ich lieber nicht.
Frauen und Katzen, das ist mir zu banal. Und meine inneren Schluchten, die sind wegen gefährlicher Ecken geschlossen, da kommt keiner rein, und ich schon gar nicht, zumindest nicht in den nächsten vierzig Jahren.
Also gehe ich spazieren. Spazierengehen halte ich für eine gute Alternative zum Arbeiten, wenn man nicht morgens um zehn schon das Trinken anfangen will.
Ich bin dann ab jetzt und bis zur Jahreswende die Spaziergängerin von Sankt Pauli. Denn sie haben mich gezwungen, Urlaub zu nehmen. Sie haben gesagt, dass ich als Staatsanwältin ja schließlich Beamtin bin und

dass Beamte ihren Urlaub nicht einfach ausfallen lassen können. Wenn das alle machen würden. Dann hätten eben alle weniger Urlaub, habe ich gesagt. Da hat die Frau aus der Personalabteilung mich gefragt, ob ich keine Hobbys hab. Nee, hab ich gesagt, Hobbys sind was für Verdränger, für Leute, die ihre Zeit mit Belanglosigkeiten zukleistern, weil sie nicht wahrhaben wollen, dass jeder von uns nur dieses eine Leben hat und schon morgen tot sein könnte. Die Frau aus der Personalabteilung hat sich geräuspert, und dann hat sie aufgelegt. Wäre sie noch einen Moment länger in der Leitung geblieben, hätte ich ihr erzählt, dass ich gerne zum Fußball gehe, der Fußball nur leider gerade Winterpause hat. Aber das wollte sie offensichtlich nicht hören. Die komische Frau.

Ich hab meine Sachen zusammengepackt, mein Büro in der Staatsanwaltschaft abgeschlossen und den Weg durch den Park genommen. Es ist zehn Uhr. Bis Silvester liegen noch elf Urlaubstage vor mir, die ich mit Anstand rumkriegen muss.

Auf dem Heiligengeistfeld bläst der blanke Hans, ein kalter Winterwind aus Nordost, der hier auf dem riesigen Asphalthandtuch ordentlich Platz zum Tanzen hat. Ist ja ein ziemliches Wunder, so ein freier Platz mitten in der städtischen Wohnungsnot. Keine Ahnung, warum Hamburg sich das leistet. Warum sie da nicht auch endlich mal ein paar Bürotürme oder teure Eigentumswohnungen draufstellen. Machen sie ja sonst überall, wo nur ein Fitzelchen Platz ist. Aber das Heiligengeistfeld fassen sie nicht an. Als wäre da im

Rathaus eine Art kollektives Sentiment für den alten Betonplatz. Eine alle Regierungen überlebende zarte Melancholie, die das riesige schiefe Rechteck beschützt, das aus jeder Stimmung in Sekundenschnelle Sehnsucht oder eine Depression machen kann, je nach Tagesform.

Gerade mal drei Monate im Jahr ist es hier pickepacke dicht, läuft hier das große Sich-auf-die-Füße-treten, nämlich dann, wenn Hamburger Dom ist. Der große Rummel, immer vier Wochen am Stück, im Frühling, im Sommer und im Winter. Vorher wird vier Wochen aufgebaut, danach wird vier Wochen abgebaut. Ansonsten ist auf dem Heiligengeistfeld nur ein klein bisschen was los, eigentlich wirklich nicht genug, um so einen leerstehenden Platz zu rechtfertigen. Da kommt vielleicht mal ein Zirkus. Oder irgendein Telefonkonzern oder eine Supermarktkette stellt ein Belustigungszelt auf. Oder es ist Fußballweltmeisterschaft oder Fußballeuropameisterschaft, dann werden natürlich sofort gigantische Leinwände für alle aufgezogen, und es wird getrunken und gepinkelt, und es gibt kein Halten mehr. Ich halte mich vom Heiligengeistfeld fern, wenn es voll ist. Ich mag's lieber so wie jetzt: frei.

Der böige Wind hat Kraft, er weht von der Seite und wirbelt kleine Schneestaubwolken auf, die in Richtung Millerntorstadion huschen. Da steht die alte Gegengerade, das wackelige Gerüst. Gerade von der Rückseite aus betrachtet, sieht das Ding aus wie ein rostiges Provisorium. Kann man sich gar nicht vorstellen, dass da fünftausend Leute drauf rumgrölen können, ohne dass es auf der Stelle zusammenbricht. Linker Hand, genau zwischen mir und dem Stadion, versucht ein Mann, sich auf einem der übers ganze Heiligengeistfeld verteilten Stromkästen eine Zigarette zu drehen. Er sieht aus wie ein aus der Zeit gefallener Seemann. Blaue Wollmütze, kariertes Holzfällerhemd, dunkelblaue Marinejacke, zerknülltes Gesicht. So einer kann Wind ab. Sein Tabak kann das aber leider eher schlecht. Klappt nicht so gut mit der Zigarette. Er packt seinen Krempel zusammen, läuft zum nächsten Stromkasten und versucht es da noch mal. Wieder nichts. Langsam wird er maulig, das kann man sehen, sein Gesicht wird immer knülliger. Ich lasse mich vom Wind ein bisschen in seine Richtung treiben, bleibe vor ihm stehen und biete ihm eine von meinen Luckies an.

»Nee, min Deern. Lass mo steck'n. Aber kanns' mir büschen Schutz geben?«

Seine Stimme klingt wie ein großes, altes Stück Sandpapier.

Ich stelle mich mit dem Rücken zum Wind, mache meinen Mantel auf und breite ihn über dem Stromkasten aus. Der Seemann hat sich in null Komma nix eine astreine Kippe gedreht. Er steckt die Zigarette in den Mundwinkel, tippt mit dem rechten Zeigefinger an seine Wollmütze und stapft davon. Als er auf Höhe des alten Hochbunkers ist, holt er ein Sturmfeuerzeug aus seiner Jackentasche und zündet sich die Zigarette an. Ihr Qualm vermischt sich mit der dünnen Sonne, dem dicken Wind und dem wirbelnden Schneestaub in der Luft. Ich atme tief ein. Es ist kälter geworden in den letzten Tagen. Da kommt ein Wetter aus Russland zu uns herübergekrochen. Nachts schneit es manchmal, vor einer Woche erst ist der Regen in Schnee übergegangen. Es schneit nicht heftig, der Wind weht nur ab und zu einen Sack voller Flocken vor sich her, nur immer mal wieder eine halbe Stunde lang. Auf den Dächern der bombenlöchrigen, zahnlückigen Häuserreihe in der Feldstraße liegt ebenso zahnlückiger Zuckerguss. Auf den Straßen und Gehsteigen tut sich der Schnee tagsüber zu kleinen Grüppchen zusammen. Am Abend zieht er sich dann in die Ecken zurück.

Irgendwer hat hier und da einen Eimer Sand oder Rollsplitt ausgeschüttet, aber meistens genau da, wo es eisfrei ist. An Stellen also, an denen ihn keiner braucht. Die Hamburger sind ja professionelle Pragmatiker und können eigentlich mit allem schnell gut umgehen, aber beim Anblick von Schnee agieren sie immer ziemlich amateurhaft.

Ich überquere die Feldstraße an der Fußgängerampel und biege in die Glashüttenstraße ein, dann lässt der Wind nach. Meine Schultern und mein Nacken entspannen sich, und ich merke, wie mich das Karolinenviertelgefühl überfällt. Es ist, als wäre ich in eine kleine Extrawelt geworfen worden, ein parallel existierendes Stück Stadt, das eine Spur neben dem Rest fährt. So ist das hier immer. Das Karoviertel ist jetzt gar nicht großartig anders als andere Straßenzüge auf Sankt Pauli. Jugendstilhäuser, zugestückelte Bombenlöcher, Kneipen, Cafés, ein paar schicke Läden und ein paar weniger schicke, man kann Klamotten kaufen und Platten, Schuhe und Geschenke, Kaffee und Kakao, alles in alt und in neu. Es sind eher die Kleinigkeiten, die das Karogefühl ausmachen. Besser: das Kleine. Dass es ein abgeschlossenes Viertel ist, in nur fünf oder sechs Straßenzügen. Ein eigener urbaner Organismus. Die Marktstraße ist die Hauptstraße, da ist alles dicht an dicht, da gibt es im Erdgeschoss keinen Meter, der nicht auch ein Schaufenster für was auch immer wäre. Die drei wichtigsten Querstraßen, die Karolinenstraße, die Glashüttenstraße und die Turnerstraße machen's fast genauso. Eine insgesamt freundliche Mischung aus Neuem und aus Läden, die schon seit über zwanzig Jahren aufhaben. Und jede Bar, jedes Café, liegt es auch noch so mittendrin, tut, als wäre es eine Eckkneipe. Eine bedeutende Eckkneipe an einem wichtigen Platz. Das Karoviertel nimmt sich ernst und hat sich selber lieb. Das ist selten geworden unter zynischen, durchironisierten Großstädtern. Das ist etwas Schönes. Und zu guter Letzt muss man das Karoviertel fast überhaupt nicht verlassen, wenn man hier wohnt. Eigentlich nur dann, wenn man mal zu Budnikowsky will. Der Drogeriemarkt, den es in Hamburg an fast jeder Kreuzung gibt und der mehr eine Stammkneipe als ein Drogeriemarkt ist, ist das Einzige, was man im Karoviertel nicht finden kann. Aber sonst ist hier von allem alles. Ich schwöre.

Und dann noch das Licht, das sie im Karoviertel machen. Das ist hier gelblicher, wärmer, altmodischer als woanders. Ich bin mir fast sicher: Die verwenden heimlich hübschere Glühbirnen. Die importieren sie aus Paris oder Marseille. Außerdem hat das Karoviertel für einsame Spaziergängerinnen wie mich in diesen Tagen einen entscheidenden Vorteil: Weihnachten findet so gut wie nicht statt.

Es sind nur noch vier Tage bis Heiligabend, und das Unbehagen sitzt mir unter der Haut wie eine dünne Schicht zersplitterter Lichterketten. Sticht sich in mein Bewusstsein, egal, in welche Richtung ich mich bewege. Überall in der Stadt treffe ich seit Wochen auf glitzernde Zweige, rührselige Gesichter und zu viel Lametta. An manchen Tagen habe ich das Gefühl, als würde ich von Engeln gejagt. Aber jetzt bin ich schon die ganze Marktstraße langgelaufen und habe noch keinen einzigen Stern, keinen Tannenbaum, kein Rentier und keinen Nikolaus gesehen. Nicht eine kleine Christbaumkugel. Hier scheint sich niemand großartig für das Thema zu interessieren. Keine Ahnung, woran das liegt. Untermauert aber natürlich meine Theorie vom Paralleluniversum Karolinenviertel. Vielleicht kriegen die ja von Weihnachten einfach nichts mit. Auf der anderen Seite des Heiligengeistfelds, in meinem Viertel also, haben alle einen totalen Weihnachtsknall. In diesem Jahr hängt endgültig in jedem Fenster irgendwas, das blinken kann. Oder ein grinsender Weihnachtsmann. Oder ein winkender Weihnachtsmann. Oder ein Bild aus Kunstschnee.

Überflüssiger Quatsch. Der Himmel malt zurzeit jede Nacht Bilder aus echtem Schnee. Keine Ahnung, warum sie ausgerechnet in meinem Stadtteil so heiß auf Weihnachten sind.

Ich setze mich auf eine mit bunten Fliesen beklebte Bank, die auch im unbarmherzigsten Matschwetter noch zuversichtlich in die Welt kuckt. Ich zünde mir eine Zigarette an und genieße den Blick auf die kleine Brücke über den S-Bahn-Schienen. Eigentlich mag ich große Brücken lieber, aber ich hab mit den Jahren gelernt, es zu nehmen, wie es kommt. Gerade in letzter Zeit. Ich habe begriffen, dass ich gegen manche Dinge einfach nicht ankann. Ich hole mein Telefon raus und wähle Klatsches Nummer.
»Hey!«, sagt er. Es hört sich an, als wäre er am Hauptbahnhof.
»Wo bist du?«, frage ich.
»Reeperbahn«, sagt er. »Muss was besorgen.«
Heißt so viel wie: Geht dich nix an.
Mir ist einfach nicht wohl bei der Sache. Klatsche ist glücklich mit seiner Bar, er und Rocco Malutki machen sich auch wirklich gut als Gastronomen, der Laden ist jeden Abend bumsvoll. Aber da lungern neuerdings immer öfter Typen rum, die nicht in Ordnung sind. Ich kann das sehen. Und ich kann sehen, dass sie was von

Klatsche wollen. Sie wollen ihn wieder reinziehen in den Kiezstrudel. Ich habe mir vorgenommen, nichts dazu zu sagen, und ich weiß, dass Klatsche sich das erstens verbittet und zweitens erwartet, dass ich ihm vertraue. Ich weiß ja im Grunde auch, dass ich mir keine Sorgen machen muss. Der baut schon keinen Scheiß. Das wird schon alles gutgehen. Er ist nicht nur mein Nachbar und Irgendwiefreund, er ist auch ein richtig cooler Macker. Und mit den kleinen Kiezkneipen ist es wie mit den kleinen Brücken: Man muss sie nehmen, wie sie sind. Die *Blaue Nacht* war schon immer ein Verbrecherloch. Da hingen schon immer undurchsichtige Typen rum. Klatsche ist nicht undurchsichtig. Er schmeißt nur nicht gern jemanden raus. Und er weiß, dass man manche Leute auch nicht rausschmeißen sollte, wenn man im Milieu in Frieden Geschäfte machen möchte.

Es wird nichts passieren. »Ich hab Urlaub«, sage ich.

»Geil, wir fahren weg!«

Klatsche will immer mit mir wegfahren. So wie wir damals im Sommer weggefahren sind. Da waren wir zusammen in Glasgow. Das war schon nicht schlecht. Hab gar nicht gemerkt, dass ich Urlaub habe. Ich ziehe an meiner Zigarette. Vielleicht sollten wir wirklich abhauen. Ist ja nicht so, als hätte die ganze Stadt nur darauf gewartet, dass ich spazieren gehe. Ob ich das jetzt mache oder am Hafen eine Ratte ins Wasser fällt. Juckt keinen.

»Können wir ja heute Abend mal drüber reden«, sage ich.

»Kommst du in die *Blaue Nacht*?«, fragt er.

Ich nicke und lege auf. Mir wird kalt. Ich mache mich auf den Weg zurück durch die Marktstraße. Vielleicht

trinke ich da vorne an der Ecke einen Kaffee. Bei diesem lauten Italiener. Der Calabretta sagt immer, dass die Typen zwar nerven, aber einen guten Kaffee machen. Vielleicht gehe ich auch einfach weiter und drehe eine Runde durchs Portugiesenviertel, Carla besuchen. Ich hab sie schon seit Tagen nicht mehr gesehen, weiß gar nicht, wie's ihr geht. Früher haben wir oft telefoniert. Ein paarmal am Tag. Aber Carla hat ihr Mobiltelefon abgeschafft. Sie sagt, die Welt ist ihr zu digital geworden. Sie sagt, sie ist ein analoger Mensch, und sie versteht das alles nicht mehr. Sie will das nicht mehr. Ich finde das nachvollziehbar, aber ein bisschen leichtsinnig. Sie hat ja in ihrem Café keinen Festnetzanschluss. Sie kann keine Hilfe holen, wenn was ist. Und es war ja schon mal was, damals im Keller. Okay, die beiden Vergewaltiger sitzen im Knast, aber das sind ja nicht die Einzigen, die ihr gefährlich werden könnten. Ich sage ihr dauernd, dass das nicht klug ist, eine Frau in einem Laden ohne Telefon. Sie hört nicht auf mich. Sie hört ja nie auf irgendwen.
Ich überquere die Turnerstraße und vermeide es, in das Schaufenster mit den übertriebenen Anzügen zu kucken. Der Laden brummt seit Jahren wie verrückt, aber ich frage mich immer wieder, welcher ernstzunehmende Mann so einen ultraschmalen, bunten Pussyscheiß tragen soll. Entschuldigung: Da kann man sich doch gleich die Eier abschneiden.

Zuerst sehe ich nur einen Mantel, dann nackte, schmutzige Füße. Der Mann liegt auf einer Treppe zum Souterrain. Er liegt zusammengewickelt vor einer dicken Metalltür, wie ein Haufen liegt er da, als wäre er einfach ausgekippt worden. Ich gehe zu dem Mann runter, setze mich auf die Stufen und ziehe vorsichtig den Mantel zur Seite. Sein Gesicht ist voller Patina. Und es ist hemmungslos zerschlagen worden. Überall Blut und Schwellungen. Ich suche nach seiner Hand, finde einen von der Straße geschundenen Klumpen und tatsächlich einen Puls. Der Mann lebt. Ein bisschen lebt er noch. Ich traue mich nicht, ihn zu bewegen, wer weiß, wo er noch überall blutet. Jetzt keinen Fehler machen. Ich steige schnell zurück auf die Straße, kucke, ob jemand in der Nähe ist, der mir helfen kann. Aber da ist keiner. Das Karolinenviertel macht erst gegen Mittag auf. Ich rufe die Kollegen vom Polizeikommissariat 16 an und sage, dass wir einen Krankenwagen brauchen.

Das sah nicht gut aus. Die Sanitäter und der Notarzt haben die Augenbrauen hochgezogen und die Köpfe geschüttelt, als sie den Mann in den Krankenwagen verfrachtet haben. Sie bringen ihn in die Notaufnahme, haben sie gesagt, aber es hat sich angehört, als meinten sie die Leichenhalle. Ich bin noch eine Weile an den abgetretenen Treppenstufen stehen geblieben. Hinter der dicken Tür geht's zu einem Secondhand-Laden, Öffnungszeiten von vierzehn bis zwanzig Uhr. Wenn der Besitzer kommt, ist hier alles schon wieder sauber, wahrscheinlich wird er gar nicht bemerken, dass vor seinem Laden ein halbtoter Mensch gelegen hat. Er wird überrascht sein, wenn die Polizei mit ihm reden will. Falls die Polizei mit ihm reden will. Im Moment wirken die Kollegen nicht so, als wäre das hier ein Fall, der Priorität hat. Ein Obdachloser liegt bewusstlos in der Gegend rum. Ist ja nicht so, als wäre das besonders ungewöhnlich.

Ich bin mir da nicht so sicher. Es schwebte ein Grauen über der Treppe. Wie ein kaum sichtbarer, böser Schatten. Und ich verstehe die nackten Füße nicht. Diese Jungs laufen bei dem Wetter doch nicht ohne Schuhe rum. Die haben vielleicht kein Zuhause, und die meisten trinken auch zu viel, aber die sind nicht doof.

Jetzt sperren sie die Treppe erst mal kurz ab, zwei Kripokollegen in weißen Overalls suchen nach Hinweisen, nach ein paar Spuren, aber letztlich heben sie nur sämtlichen Müll auf, der die Stufen bedeckt. Zigarettenkippen, Glasscherben, Pappbecher. Polizeistaubsauger. Schön ist das nicht. Als sie anfangen, die Treppe zu putzen, gehe ich. Ich will zu Carla, jetzt erst recht.

Ich laufe durch die Glashüttenstraße zurück zum Heiligengeistfeld. Da ist der schnelle Wind wieder, er treibt ein paar einzelne Sonnenstrahlen vor sich her. Und meinen Kollegen Inceman.

26

Ich erkenne ihn von weitem.

Wie alle besonders langbeinigen Männer hat er eine spezielle Art zu rennen. In Sportklamotten verstärkt sich das noch. Der Inceman sieht aus wie ein teures Turnierpferd, wie er mir da so über den Platz entgegensprintet.

»Komischer Ort zum Sport machen«, sage ich, als wir auf gleicher Höhe sind.

»Ich finde das perfekt hier«, sagt er und tänzelt noch kurz, dann hält er an.

Er steht vor mir und dampft. Dunkel und nass. Auf seinen schwarzen Augenbrauen hat sich Feuchtigkeit gesammelt, hin und wieder fällt ein kleiner Tropfen auf seine meterlangen Wimpern. Diese Augen können einen echt in die Hölle ziehen. Seine Lippen sitzen wie gemeißelt, zu allem entschlossen. Manchmal hab ich das Gefühl, ich muss den schönen Türken nur ansehen, schon bin ich verloren.

»Geh heute Abend mit mir aus«, sagt er.

Er steht ganz still, und von dem vielen Dampf, den er verbreitet, wird mir schwindelig. Und neben uns steht dieser ewige Hochbunker, das düstere, sich in den Hamburger Himmel bohrende Geschoss, über siebzig Meter breit, fast vierzig Meter hoch, ein blöder Fingerzeig der Apokalypse, den kann ich eh nicht gut ab, der macht mich eh schwach.

»Ich geh nicht mit dir aus«, sage ich.

»Ich kann warten«, sagt er.

Ich schüttele den Kopf und muss lachen.

»Lach nicht. Ich meine es ernst.«

Ich weiß. Es geht um Liebe. Und genau das ist nichts für mich.

»Lauf weiter«, sage ich.

Er umrundet mich einmal, und dann läuft er Richtung Karoviertel, er läuft rückwärts und behält mich im Blick, sieht, wie ich ihm nachschaue, meine Augen sind noch in seinen Dampf gehüllt. Dann dreht er sich um und gibt Gas. Hoppi Galoppi. Turnierpferd, sag ich doch.

Bei Carla ist nicht viel los. Vormittagsruhe. Die Frühstücker sind weg, die Mittagsleute noch nicht da. Carla steht hinterm Tresen und macht mir einen Kaffee, und ich muss die ganze Zeit grinsen. Sie hat einen Pullover an, einen richtigen, aus Wolle. Sie hat nie Wolle an, zumindest nicht so viel am Stück. Meine portugiesische Freundin ist die Frau ohne Kälterezeptoren. Kann auch mitten im Winter in einem dünnen Kleidchen überleben.

»Warum grinst du so?«, fragt sie. Grinst selber.

»Du hast einen Pullover an«, sage ich.

Carla macht ein empörtes Gesicht und sagt: »Du auch.«

Ich ziehe die Augenbrauen hoch.

»Ich find's einfach gerade muckeliger so«, sagt sie.

»Was ist los?«, frage ich. »Wirst du alt?«

Jetzt zieht sie die Augenbrauen hoch. Sie stellt mir ein

Glas mit Kaffee hin und ein Kännchen mit heißer Milch.

»Hörnchen dazu?«

»Ja, bitte«, sage ich. »Und einen Rollkragen für meine Freundin.«

»Hör mal«, sagt sie, »sollte ich jemals nach einem Rollkragen verlangen, kannst du mir dazu auch gleich einen Roll*stuhl* besorgen.«

Sie hat recht. Ein Rollkragen an Carla ist eine bizarre Vorstellung. Das wäre eine Vorschau aufs Ende. Ihr Pulli mag aus Wolle sein, aber er hat einen echt unseriösen Ausschnitt und zeigt sehr deutlich, dass es sich hier um eine einigermaßen junge Frau handelt. Und dass alles da ist, wo es hingehört.

»Ach nee«, sagt sie, »kuck mal, wer da kommt.«

Ich drehe den Kopf zur Tür. Der Faller.

»Was macht der denn hier?«

»Überraschung«, sagt Carla.

»Überraschung«, sagt der Faller und nimmt seinen Hut ab. Sein Gesicht ist vom Hamburger Wetter und dem jahrelangen Einsatz auf Sankt Pauli in Falten gelegt, aber das sind Falten der guten Art. Es sind keine traurigen, verbitterten Falten. Sie ziehen sich einfach in fröhlichen Furchen kreuz und quer durch seine Haut. Nur zwischen Nase und Mund, da sind ein paar, die weh getan haben, das weiß ich.

»Sind Sie wegen mir hier?«, frage ich. »Oder wegen ihr?« Ich zeige auf Carla.

»Er ist wegen des sensationellen Kaffees hier«, sagt Carla.

Blödsinn. Der Faller trinkt bröckeligen Filterkaffee. Für den zählt nur das Koffein, der Rest ist ihm egal.

»Ich war gestern schon bei Carla«, sagt er und kuckt wichtig. »Beruflich.«

»Gibt's hier was zu schnüffeln?«, frage ich. »Für alternde Privatdetektive?«

»Gott bewahre!« Carla hebt die Hände.

»Ich bin jetzt so 'ne Art Bünabe«, sagt der Faller.

»Ein was?« Carla legt die Stirn in Falten.

»Das ist ein bürgernaher Beamter«, sage ich. »Faller, haben Sie heimlich wieder bei der Polizei angeheuert?«

Der Herr Ex-Kommissar setzt sich auf einen Barhocker, verschränkt die Arme vor der Brust und lächelt sehr zufrieden. Sein altersgerechter Bauch zittert ganz leicht. Das ist immer so, wenn er sich freut. Ein inneres Kichern.

»Wie jetzt? Sagen Sie schon: Sind Sie wieder ein Bulle? Und wenn ja, warum weiß ich davon nichts?«

»Ich arbeite weiterhin auf Honorarbasis«, sagt er, und dann klingt er richtig stolz: »Aber die Kollegen haben mich als Berater engagiert. Für die Gastronomie rund um den Kiez.«

Carla stellt ihm einen Caffè Americano hin.

»Wow. Hört sich für mich nach einem goldenen Job an«, sage ich. »Wie funktioniert das genau?«

»Ich lungere so viel wie möglich in Kneipen und Cafés rum«, sagt der Faller und grinst. Der Bauch zittert jetzt richtig. Der Faller weiß, dass ich ihn beneide und sofort mitmachen würde. Vielleicht mach ich das ja

auch. Hab schließlich Urlaub. Und mit dem besten Kommissar aller Zeiten an meiner Seite ist die Gefahr sehr gering, dass ich mich aus Versehen tagsüber volllaufen lasse. Der Faller passt immer gut auf mich auf.
»Ich klappere regelmäßig die Gastronomen auf Sankt Pauli und im weiteren Einzugsgebiet ab und gewinne ihr Vertrauen«, sagt der Faller. »Und dann kommen die Gastronomen zu mir, wenn es Probleme gibt. Probleme mit Schutzgeld zum Beispiel. Oder andere komplizierte Angelegenheiten, mit denen man nicht so einfach zur Polizei geht.«
Schlaue Hunde, die Kollegen von der Kripo.
»Seit wann machen Sie das?«, frage ich.
»Offiziell fange ich erst am 2. Januar damit an«, sagt der Faller. »Aber ich nehm das nicht so genau.«
Er ruckelt sich am Tresen zurecht, lächelt erst Carla an und dann mich, hebt seine Kaffeetasse und sagt:
»Prost, die Damen.«
Ts.

Der Tag hat ja eher schlecht angefangen, dann aber eine beachtliche Drehung hingelegt. Und zack, bin ich nicht mehr alleine spazieren gegangen, sondern mit dem Faller. Wir sind vom Hafen aus durch ganz Sankt Pauli marschiert. So wie wir es früher oft gemacht haben, vor langer Zeit, als der Faller noch der risikofreu-

dige Kripomann war, der mich überall mit hingezerrt hat. Bevor er sich für viele Jahre vom Kiez zurückgezogen hatte. Jetzt ist er wieder da, und das ist wundervoll. Ich hätte ihn gerne noch mit in die *Blaue Nacht* genommen, aber er hat gekniffen.
»Ich bin über sechzig, Chastity«, hat er gesagt. »Mir klemmt die Kälte in den Knochen. Meine Beraterschicht in der *Blauen Nacht* verschiebe ich auf morgen. Alte Männer müssen mindestens einmal am Tag vorm Ofen sitzen, wissen Sie das nicht?«
»Sie sind nicht alt«, habe ich gesagt, und er hat mich mit einem schweren Blick angekuckt und gesagt: »Oh doch, mein Mädchen, oh doch. Aber das ist nicht so schlimm.«

»Hey, Baby«, sagt Klatsche, als ich die Tür zur *Blauen Nacht* aufmache. Er weiß, dass er mich so nicht nennen darf. Ich sehe heute mal großzügig drüber hinweg und belle ihn nicht an. Liegt vielleicht daran, dass ich so viel Auslauf hatte. Außerdem schert Klatsche sich ja sowieso nicht darum, was er darf und was er nicht darf.
Er balanciert auf einem wackeligen Barhocker und wischt mit einem Geschirrhandtuch den Staub von den Schnapsflaschen. Er ist in seiner kurzen Zeit als Barchef ein echter Profi geworden. Er weiß, dass es

auf genau solche Kleinigkeiten wie staubfreie Flaschen ankommt.

»Der frühe Gast fängt den Gastgeber«, sagt er, springt von seinem Hocker und gibt mir einen Kuss auf die Stirn. Sein struppiges dunkelblondes Haar ist einen Tick länger als sonst. Müsste mal wieder geschnitten werden. Er streicht sich eine Strähne nach hinten und versucht, sie sich hinters Ohr zu klemmen, aber es funktioniert nicht. Die Strähne fällt dick über seine Stirn und verdeckt sein linkes Auge. Das rechte ist frei und blitzt mich an, moosgrün und herausfordernd.

»Hab mich schon gewundert, dass die Tür auf ist«, sage ich. »Eigentlich geht's doch erst in einer halben Stunde los, oder?«

»Rocco, die alte Pappnase«, sagt Klatsche. »Der hat wieder nicht abgeschlossen, als er die Zigaretten für heute Abend kaufen gegangen ist.«

Die Jungs haben da was ganz Freundliches gemacht in der *Blauen Nacht:* Man kann an der Theke Zigaretten kaufen, wie in einem Kiosk. Das spart eine Menge lausigen Automatenterror. Man muss halt mit dem vorliebnehmen, was Rocco in total willkürlicher Auswahl rangeschleppt hat, aber darüber hat bisher noch keiner gemault. Ist auch wirklich nicht das Wichtigste, wenn man zum Bier dringend eine Zigarette rauchen möchte, aber gerade keine mehr zur Hand hat.

Klatsche geht zur Tür und schließt ab. Ich finde es immer lustig, ihn eine Tür abschließen zu sehen. Bevor er die *Blaue Nacht* wiederbelebt hat, war es schließlich seine Kernkompetenz, Türen zu öffnen. Erst als sport-

licher Einbrecherkönig, dann als lokale Schlüssel-
dienstgröße. Türen abschließen, das passt einfach
nicht zu Klatsche. Ich muss grinsen.

»Was?«, fragt er, kuckt mich streitlustig an und versucht noch mal, diese eine Haarsträhne zu bändigen.
Diesmal funktioniert es.

»Nichts«, sage ich. Keine Lust, mich mit ihm zu kab-
beln. »Krieg ich was zu trinken?«

»Bier oder Wodka?«, fragt er.

»Bier«, sage ich und zünde mir eine Zigarette an.

Er schlüpft hinter die Theke, holt zwei Flaschen Astra aus dem Kühlschrank, öffnet sie und drückt mir
eine davon in die Hand. Die andere bleibt schön bei
ihm.

»Prost«, sagt er. »Und wie war dein erster Urlaubstag
so?«

»Ich hab einen Obdachlosen gefunden«, sage ich.

»Wo?«

»Auf einer Treppe im Karoviertel. Der arme Kerl war
total blutig und schon weg im Kopf. Den muss jemand
zusammengetreten haben.«

»Böse«, sagt Klatsche und nimmt einen großen
Schluck von seinem Bier. »Und jetzt wahrscheinlich
kein Fall, auf den die Kollegen von der Polizei scharf
sind, oder?«

»Ist bald Weihnachten«, sage ich, setze mir die Flasche
an die Lippen, trinke und stelle sie wieder ab. »Ich
glaub nicht, dass da großartig was passiert. Na ja. Mir
hat er leidgetan. Aber ich kann ihm auch nicht helfen.«

34

Klatsche kommt hinterm Tresen vor und legt seinen Arm um mich.

»Sollen wir über Weihnachten wegfahren? Auf dem Kiez ist schon jetzt nichts mehr los, ich kann hier ruhig mal dichtmachen. Oder Rocco schmeißt den Laden alleine.«

Ich zucke mit den Schultern.

»Warst du schon mal in den Bergen?«, fragt er.

Jetzt schlägt's aber dreizehn. Was soll ich denn in den Bergen? Ich bin ein verdammter Meermensch. In den Bergen wird jemand wie ich doch bestimmt klaustrophobisch.

»Da ist mir der Himmel zu klein«, sage ich.

»Du spinnst«, sagt er, und in diesem Moment rüttelt es an der Tür, dann flucht einer, dann wird ein Schlüssel ins Schloss gesteckt und umgedreht, und dann kommt Rocco rein und sagt mit leuchtenden Augen: »Und jetzt ratet mal, wer der neue Gastrobelatscher der Bullen ist!«

22. DEZEMBER:
Große Freiheit

Heute Morgen nach dem Aufwachen, als ich mit einer Tasse heißem Kaffee an meinem Wohnzimmerfenster stand, hab ich zu lange auf das traurige, leerstehende Haus auf der anderen Seite unserer Straße gekuckt. Von innen ist es vermutlich gar nicht so traurig, da ist bestimmt ordentlich Alarm. Weil in dem Haus inzwischen ja ein Großteil der Hamburger Taubenpopulation wohnt. Aber von außen nagt das Wetter unaufhörlich Risse in die Fassade. Es war mal eine schöne Fassade. Hellgrün mit Bögen und Frauenköpfen aus Stuck über den Fenstern. Aber seit dem letzten Sommer bröckelt es heftig. Und das Haus steht seit über einem Jahr leer, keiner weiß, was damit wann passieren soll.
Die verfallende Front erinnert mich an Venedig im Winter. Ich war mal da. Ich war noch ein junges Ding

gewesen, mein Vater hatte sich noch keine Kugel in den Kopf gejagt, und wir machten jedes Jahr so kleine Weihnachtstouren in fremde Städte. Nur ein paar Tage, um das Fest der Liebe besser zu überstehen. Mein Vater hatte damit angefangen, nachdem meine Mutter gegangen war. Ich war drei Jahre alt, da verbrachte ich den Heiligabend zum ersten Mal in einer Hotellobby, in Lissabon. Für mich war's okay. Und ich spürte, dass es für meinen Vater nur so ging. Christopher Riley und ich hatten letztlich immer ein paar sehr gute Tage miteinander. Das erste Weihnachten ohne ihn hab ich damals gar nicht mitgekriegt. Ich hab am 22. Dezember angefangen zu trinken und erst am 27. damit aufgehört. Das ist jetzt zwanzig Jahre her. Ich könnte schon wieder.

In der obersten Etage des grünen Hauses hängen noch Vorhänge, weiße, alte Spitzengardinen. Ein Stückchen davon hat sich über Nacht durch einen Spalt im ehemaligen Schlafzimmerfenster geschlichen, und seitdem weht es da ein bisschen im Wind, während ab und an eine Schneeflocke fällt. Daran ist mein Blick kleben geblieben, und in meinem Herzen ist es immer trister geworden. Bis ich's nicht mehr ausgehalten hab und zum Hafen gerannt bin.

Vielleicht versuche ich morgen, in das grüne Haus reinzukommen und die Gardinen abzunehmen, bevor sie da hängen, bis sie schwarz werden.

Ich laufe vom Fischmarkt aus immer an der Elbe entlang, immer nach Westen. Aus dem Kopfsteinpflaster wird erst vernachlässigter Asphalt, dann Schotter, dann Sand. Aus den schick renovierten Klinkerbauten links und rechts werden erst eingeschossige Lagerbauten, gespickt mit ein paar Panoramawohnblöcken für Reiche, dann sehe ich nur noch Wasser und Bäume, zwischendrin hier und da ein Häuschen für einen Kapitän oder sonst irgendeinen Romantiker. Ich laufe bis zur Himmelsleiter, der schönen alten Treppe, die zur Elbchaussee führt, und schon vorher kucke ich viel nach oben. Bleibe stehen, stecke die Hände tief in die Manteltaschen und halte mein Gesicht in die Richtung, in der die Elbe ins Meer fließen muss. Sollten alle viel öfter machen: in den Himmel kucken und gleichzeitig versuchen, am Meer zu riechen. Das macht die Seele sauber. Und schon gegen Mittag fühle ich mich besser. Ich steige in Övelgönne aufs Schiff, fahre bis zu den Landungsbrücken und sehe mir an, wie die Elbe langsam ein paar Eisschollen ausbrütet. Dann kaufe ich mir ein Fischbrötchen und laufe noch eine Weile in die andere Richtung, durch diese ewig langen neuen Straßen der Hafencity. Als die Dämmerung langsam übers Wasser gekrochen kommt, ruft der Faller an und fragt, ob ich Lust hätte, ihn ein bisschen zu begleiten. Klar hab ich Lust.

Ich hab den Faller unauffällig ins Karolinenviertel bugsiert. Von dem Obdachlosen hab ich ihm noch gar nichts erzählt. Ich werde das Gefühl nicht los, mich eventuell lächerlich zu machen, weil der arme Mann mich so beschäftigt. Aber das ist natürlich Blödsinn, meine Freunde sind allesamt mitfühlende Menschen.

»Faller«, sage ich.

Er hat vor dem Bioladen an der Ecke kurz angehalten, um sich eine Roth-Händle anzuzünden.

»Faller, hier lag gestern ein Obdachloser rum.«

»Chastity, mein Mädchen«, sagt er, zieht an seiner Zigarette und lugt Robert-Mitchum-mäßig unter seiner Hutkrempe hervor. »Ich hab eine Information für Sie: In Großstädten liegen jede Menge Obdachlose rum.«

»Er war zu Brei geprügelt, Faller.«

Er lässt seine Zigarette im Mundwinkel hängen, schiebt seinen Hut ein Stück nach hinten und steckt die Hände in die Manteltaschen.

»Und?«

»Ich hab einen Krankenwagen und die Kollegen von der Lerchenstraße gerufen«, sage ich.

»Ich meine, wer hat den Mann denn so zugerichtet?«

Ich zucke mit den Schultern.

»Die Kollegen arbeiten sicher dran.«

»Natürlich«, sagt der Faller und zieht seinen Hut wieder tiefer ins Gesicht. Er weiß genauso gut wie ich, dass ein obdachloses Opfer niemanden zu einer Hochdruckermittlung anspornt. Schon gar nicht so kurz vor Weihnachten, wenn alle ihre Familien um die Ohren haben.

Ich stecke mir eine Lucky Strike an und kucke in den Himmel. Der ist dicht, die Dächer der etwas höheren Häuser sind in Wolkenwatte gepackt. Es schneit sehr viel heftiger als heute Morgen. Fast ein richtiges Gestöber, aber nur fast.

»Wo ist eigentlich Ihre Mütze, Chastity?«

»Hat sich im letzten Herbst aufgelöst«, sage ich, »wie so manches.«

»Das geht ja gar nicht«, sagt der Faller. »Lassen Sie uns mal da drüben reingehen.«

Er überquert die Marktstraße, ohne nach links und rechts zu schauen, er läuft wie ein König, als würde das alles hier ihm gehören. Er bleibt vor einem Laden stehen. Die Fassade ist in elegantem Dunkelrot gestrichen. Okay: Es ist eine Boutique. Da hängen Kleider im Schaufenster. Ich bin weder der Kleidertyp noch der Boutiquentyp.

»Ich bin nicht der Boutiquentyp«, sage ich.

»Da drin gibt es sehr gute Sachen«, sagt der Faller. »Meine Tochter kauft hier immer ein.«

Ich ziehe die Augenbrauen hoch, dann gehen wir rein. Als wir zehn Minuten später wieder rauskommen, hab ich eine Mütze auf. Eine graue Mütze mit einem dicken Bommel dran. Und, ich betone das jetzt ausdrücklich, ich sehe damit nicht lächerlich aus. Ich sehe aus wie eine Frau aus Sankt Pauli. Ich sehe ehrlich gesagt super aus mit meiner neuen Mütze. Und sauwarm ist sie auch.

»Viel besser«, sagt der Faller, der vielleicht Stylist werden sollte. Er mustert mich noch mal kurz, als wir uns langsam wieder in Bewegung setzen.

Das Schönste an der Mütze ist wahrscheinlich, dass der Faller sie mir gekauft hat.

»Und jetzt los«, sage ich. »Wir sind ja nicht zum Einkaufen hier, sondern zum Arbeiten. Also, Sie zumindest.«

Der Faller schlägt die Hacken zusammen und salutiert. »Yes, Ma'am!«

»Da vorne kommen ein paar Bars und Cafés«, sage ich, »die klappern wir alle ab und machen Sie ein bisschen bekannt.«

Der Faller macht das super mit dem Bekanntmachen. Er verhält sich wie ein Gast und nicht wie ein Polizist. Er setzt sich an die Theke, bestellt was zu trinken, sieht sich um und ist freundlich. So wie er es früher gemacht hat, wenn er auf dem Kiez ermittelt hat. Erst mal nur die Nase reinhalten. Nicht gleich mit großem Geschiss antanzen. Beim Bezahlen erzählt er dann, wer er ist und was er macht, und sagt, dass er ab heute öfter vorbeischauen wird. Wenn einer der Gastronomen irritiert ist, zeigt der Faller Gespür und fügt hinzu: Falls Ihnen das recht ist.

So hatten wir es eigentlich auch in dem französischen Café mit der gestreiften Markise vor, aber dazu kommen wir nicht mehr. Ein paar Meter vor dem Café, links auf einer Mischung aus unbebautem Grundstück, inoffiziellem Fahrradhof und struppigem Parkplatz, kauert ein Mann. Halb sitzt, halb liegt er, mit dem Rücken an eine Mauer gedrückt. Er stöhnt ein bisschen, wir hätten es gar nicht hören sollen, aber der Faller und ich reden ja nicht viel, wir haben unsere ganz eigene, liebevolle Stille miteinander, und da rutscht einem schon mal was ins Ohr. Der Faller ist zuerst bei dem Mann. Als ich in die Hocke gehe, versucht er leise, mit ihm zu reden.

»Brauchen Sie Hilfe? Hallo? Können wir Ihnen helfen?«

Das Gesicht des Mannes sieht nicht viel besser aus als das von dem, den ich gestern gefunden habe. Aber er ist bei Bewusstsein. Und er hat seine Schuhe noch an.

»Verpisst euch«, sagt er und hustet so laut und gewaltig, dass ich kurz aufstehen muss, sonst hätte mich dieser Husten umgepustet.

»Wir möchten Ihnen helfen«, sage ich. »Sie brauchen einen Arzt.«

»Nix da«, sagt er, »ich brauch gar nix. Und jetzt schert euch zum Teufel.«

»Wer hat Sie denn so zugerichtet?«, fragt der Faller, weiter in der Hocke. »Und jetzt sagen Sie bitte nicht, dass Sie hingefallen sind.«

»Seid ihr Bullen, oder was?«

So was Ähnliches.

»Nein«, sagt der Faller, und das geht ihm erstaunlich locker von der Zunge. »Ist auch egal, wer oder was wir sind. Sie müssen zu einem Arzt.«

Der Mann greift umständlich unter seinen Mantel, holt eine fast leere Rumflasche raus, fasst sie am Hals und hält sie drohend in die Luft.

»Wollt ihr die an eure verdammten Schädel kriegen?«

»Nein«, sage ich.

»Hören Sie auf mit dem Mist«, sagt der Faller und steht auf. »Wenn Sie in dem Zustand hier liegen bleiben, erfrieren Sie heute Nacht. Der große Frost kommt. Ihr Jungs wisst doch, was das heißt.«

»Ich geh gleich nach Hause«, sagt der Mann. Die Flasche hält er immer noch in der Hand, aber er lässt den Arm jetzt langsam sinken, das sieht alles nicht mehr ganz so aggressiv aus.

»Nach Hause«, sage ich, »klar.«

Er sieht mich finster an, und in diesem Moment bekommt sein dunkles, blutiges Gesicht eine Würde, die ich nur von Menschen kenne, die es ernst meinen.

»Lasst mich in Ruhe«, sagt er. »Bitte.«

Ich habe das Gefühl, ihn zu quälen, und das ist ein furchtbares Gefühl. Dem Faller geht es offensichtlich genauso, denn er sagt: »Gehen wir, Chastity.«

Als wir um die Ecke sind, haben wir beide keine Lust mehr, weiter Bars abzuklappern.

»Vielleicht sollten wir ihm eine Decke besorgen«, sage ich. »Ich könnte schnell nach Hause und eine holen, ich wäre in zwanzig Minuten wieder da.«

»In spätestens fünf Minuten ist unser Freund abgetaucht«, sagt der Faller. »Der rechnet sich doch aus, dass wir die Polizei informieren. Und wenn er schon mit uns nichts zu tun haben will, dann wartet er doch sicher nicht, bis die Kollegen da sind.«

Wir laufen durch die Glashüttenstraße in Richtung Heiligengeistfeld. Der Faller bringt mich noch nach Hause, und dann beenden wir den Tag. Es reicht für heute. Das ist uns beiden klar, ohne dass wir es aussprechen müssen. Aber je näher wir dem Heiligengeistfeld kommen, umso langsamer wird der Faller. Er denkt nach, das merke ich.

»Hier stimmt was nicht, oder?«

»Hier stimmt was ganz gewaltig nicht«, sage ich.

»Zwei zusammengeprügelte Männer in zwei Tagen«, sagt der Faller. »Rufen Sie doch mal den Calabretta an. Die Kollegen auf der Wache sind dünn besetzt und haben ja immer genug zu tun. Vielleicht können Sie unsere Jungs von der Mordkommission dazu bringen, die Stadtteilpolizei ein bisschen zu unterstützen.«

Süß. Der Faller betrachtet die Kommissare Calabretta, Brückner und Schulle immer noch als seine Jungs. Wie er zu Kommissar Inceman steht, weiß ich nicht. Ich weiß ja nicht mal, wie ich selbst zu dem stehe.

»Ich sehe ihn sowieso heute Abend«, sage ich. »Der Brückner und der Schulle feiern 'ne Party. Waren Sie da nicht auch eingeladen?«

»Ach ja, stimmt«, sagt er, »hab ich vergessen. Solche Sachen sind nichts mehr für mich. Da komm ich mir vor wie ein Opa zwischen euch jungen Leuten.«

Junge Leute. Haha.

Der Faller bleibt stehen.

»Moment mal.«

Er geht in die Hocke und wischt mit den Händen den Schnee zur Seite. Der Schnee hat rote Punkte.

»Blut?«

»Vielleicht«, sagt der Faller und riecht an seinen Fingerkuppen.

Ich gehe ein paar Schritte weiter, die Blicke auf den Boden geklebt.

»Hier auch«, sage ich.

45

Diesmal können wir es sogar sehen, ohne in die Hocke zu gehen. Es ist nicht viel Blut, immer nur ein paar Tröpfchen, alle paar Meter.

»Was glauben Sie, Faller?«

Er zündet zwei Zigaretten an und gibt mir eine davon.

»Wenn das nicht unser Mann aus der Hofeinfahrt hier verloren hat, fress ich'n Besen.«

»Tröpfchenweise? Sieht eine Blutspur nach einer Prügelei nicht ein bisschen verwischter aus? Als würde man was hinter sich herziehen?«

»Ja«, sagt der Faller. »Es sei denn, der, der blutet, wird getragen. Dann sieht's genau so aus.«

Ein Mann, der getragen wird. Da muss ich immer an Daniel van Buyten denken, wie der mal einen verletzten Mannschaftskameraden vom Platz getragen hat, als er noch beim HSV war. Das sah unglaublich aus. Der erwachsene Mann in seinen Armen wirkte so leicht und zerbrechlich. Und van Buyten wie der stärkste Mann der Welt. Seitdem ist der Belgier mein heimlicher Held in der Bundesliga. Aber wirklich sehr, sehr heimlich. Wegen dem HSV und dem FC Bayern München.

»Oder er wurde gefahren«, sage ich. »Der Schnee ist voller Fahrradspuren.«

»Der Großstadtschnee ist immer voller Fahrradspuren«, sagt der Faller. »Häuptling Dunkle Stirnwolke.«

Ich zeige ihm die Zähne, hole mein Telefon raus und rufe die Kollegen vom Kommissariat in der Lerchenstraße an. Ich erzähle ihnen, was wir gesehen haben.

46

Die sollen sich die Blutspuren mal ankucken. Und einen Streifenwagen durch die Marktstraße schicken, der sorgfältig in die Hauseingänge leuchtet.

Das *Kurhotel* liegt ziemlich genau in der Mitte der Großen Freiheit und ist ein winkeliger Ort. Drei kleine Stockwerke, verbunden durch schäbige, waghalsige Treppen, ganz obendrauf stehen noch vier Quadratmeter Dachterrasse. Mit Fangnetz, damit keiner in den Hinterhof springt. Oder sich über die Dächer der Großen Freiheit auf zur Kleinen Freiheit macht, was ja schon eine reizvolle Vorstellung ist. Der Faller hat mir vor Jahren erzählt, dass das *Kurhotel* ganz früher mal eine Transenbar war. Ein alter Sankt-Pauli-Klassiker. Jetzt kann man den Laden für Partys mieten. Ich war hier zwischendrin mal mit Klatsche, da war das noch so eine Art Club. Wir lagen auf ranzigen Sofas, hörten düsteren Hip-Hop und wussten nicht so richtig was mit uns anzufangen. Danach sind wir dann zum ersten Mal gemeinsam in meinem Bett gelandet.
Ich mache mir fix einen Knoten in die Haare, denn ich habe das Gefühl, mich ordnen zu müssen.
An der Treppe zum ersten Stock stehen der Schulle und der Brückner und begrüßen ihre Gäste. Sie haben ihre FC-Liverpool-Trikots an und blinkende Elch-Hörner auf ihren flachsblonden Hamburger Haaren.

Aus den Lautsprechern über ihren Köpfen dudelt Sechziger-Jahre-Soul.

»Chef!«, ruft der Schulle.

»Was sollen die elektrischen Hörner?«, frage ich.

»Weihnachten!«, sagt der Brückner.

»Und die Trikots?«

»Liverpool!«

Ach ja. Weihnachten und Fußball. War ja das bekloppte Motto der Veranstaltung. Hab ich vergessen. So einen überflüssigen Scheiß kann ich mir einfach nicht merken.

Ein paar Kollegen von den Langzeitvermissten kommen die Treppe runter, sie tragen Celtic-Glasgow-Trikots und Nikolausmützen. Ich kämpfe mich über die schmalen Stufen nach oben Richtung Bar. Wodka wäre jetzt gut.

»Riley!«

Auf einer roten Couch neben der Theke fläzt der Calabretta. Er hat ein hellblaues SSC-Neapel-Trikot an und verstrahlt damit den ganzen Raum. Bisher definitiv das schönste Hemd des Abends.

»Ich hätte schwören können, Sie kommen im Pauli-Trikot«, sagt er.

»Ich mag keine Verkleidungen«, sage ich.

»Trikots sind keine Verkleidung, Trikots sind eine innere Haltung.«

Er kuckt mich mitleidig an. Mit genau diesem leicht knurrigen Gesichtsausdruck und genau diesem Trikot sieht er so verdammt italienisch aus. Manchmal vergesse ich glatt, wo der herkommt und dass der nur aus

Versehen in Altona gelandet ist. Eigentlich gehört er nach Neapel in eine Carabinieri-Kaserne.

»Sie hätten wenigstens Ihren Totenkopfpulli anziehen können«, sagt er. »Die Jungs freuen sich doch über so was wie die Schnitzel.«

»Ich hab nicht dran gedacht«, sage ich. »Hab gerade den Kopf voll.«

»Weihnachtsvorbereitungen?«, fragt der Calabretta.

Ich werfe ihm einen Blick zu, der scharf wie eine Rasierklinge ist und hoffentlich ein bisschen weh tut.

»Entschuldigung«, sagt er, »war'n schlechter Witz.«

Er weiß genau, wie sehr ich Weihnachten hasse. Wie ich an Weihnachten leide.

»Wo drückt denn der Schuh?«

»Ich brauch erst mal was zu trinken«, sage ich.

»Bringen Sie mir ein Bier mit?«

Klar.

»Ein dünnes Peroni?«, frage ich.

Autsch. Das war kein scharfer Blick, das war ein böser. Der Calabretta legt auf eine verdrehte Art großen Wert darauf, ein Hamburger Jung zu sein.

»Schon gut«, sage ich und hebe die Hände.

Der Typ hinter der Theke hat eine zu große Jeans an, ein zu dünnes T-Shirt und eine zu dicke Wollmütze. Bier-Barkeeper-Uniform. Aber meinen Wodka-Soda mixt er wie ein ganz Großer. Bier mit einer Hand aufmachen kann er auch. Sehr schön. Hier arbeiten dann ja wohl Profis.

»Also«, sagt der Calabretta, als ich mich neben ihn auf die Couch fallen lasse, »was gibt's, Chef?«

Es kommen fünf Leute in Altona-93-Trikots die Treppe hoch, kucken kurz in den Raum, befinden uns für langweilig und gehen weiter in den zweiten Stock. Gleich danach setzen sich drei Typen auf die Couch gegenüber, zwei davon haben sich in HSV-Trikots auf den Kiez getraut, und einer trägt über seinem ziemlich großen Bauch das Erbärmlichste, was man im Moment tragen kann: ein Barcelona-Trikot. Jeder, der nicht selbst regelmäßig Champions League spielt, macht sich mit einem Barcelona-Trikot echt zum Affen. So was kann man nicht einfach so anziehen. Solche zur Schau gestellten Riesenidole machen klein. Ich tu ja auch nicht so, als wäre ich Giovanni Falcone.

Die Musik wird lauter, es soll bestimmt bald getanzt werden. Spätestens dann mach ich aber einen Abgang.

»Im Karolinenviertel quält einer Obdachlose«, sage ich.

»Aha«, sagt der Calabretta und nimmt einen Schluck Bier aus seiner Flasche.

»Und ganz offensichtlich ziemlich systematisch«, sage ich. »Ich hab da in den letzten zwei Tagen zwei blutende Männer liegen sehen. Einer davon liegt im Krankenhaus im Koma.«

»So was machen Sie, wenn Sie Urlaub haben?«

»War Zufall. Ich bin spazieren gegangen.«

»Aha«, sagt er noch mal. »Und?«

»Das Kommissariat in der Lerchenstraße kümmert sich.«

»Na dann«, sagt er. »Ist doch alles prima.«

»Vielleicht sind die personell ein bisschen überfordert, so kurz vor Weihnachten. Die haben ja fast alle Familie und schieben eh schon permanent Überstunden, wegen der ganzen Einsparungen.«

»Ach, und ich als alleinstehender Bulle hab ja genug Zeit, oder was?«

Keine Ahnung, was dem jetzt über die Leber gelaufen ist. Der Calabretta versinkt liebend gern bis zum Hals in Arbeit, soweit ich weiß. Im Moment aber offensichtlich auch in Selbstmitleid.

»Pardon«, sagt er und poltert mit seiner Bierflasche gegen mein Glas. »Mir geht das einfach echt auf die Nüsse, dass mir alle in einer Tour mein Singleleben aufs Brot schmieren.«

»Tut mir leid«, sage ich, »wollte ich nicht.« Wollte ich wirklich nicht. Ich hab kein Problem mit dem Singleleben. Weder mit seinem noch mit meinem. Da fällt mir Klatsche ein. Es ist nicht nett von mir, mein Leben als Singleleben zu bezeichnen. Ich nehme einen Schluck von meinem Drink. Schon hab ich's vergessen.

»Ist ja auch egal«, sagt er und trinkt sehr schnell sehr viel Bier, dann macht er »Ahhh!« und stellt die Flasche zur Seite. »So. Bier is' alle. Und wegen Ihrer Obdachlosen, Chef, das sollen wirklich gerne die Kollegen von der Wache machen, die schaffen das bestimmt locker. Die Jungs und ich, wir sind das LKA. Wir sind die Großen. Wir haben zu tun.«

Der Calabretta und sein Team wollen in den nächsten Tagen mal wieder einen Versuch machen, den Albaner einzubuchten. Der Albaner ist uns seit über fünfzehn Jahren ein böser Stachel im Fleisch, schon der Faller hat ihn immer von der Straße haben wollen, hat es aber nie geschafft. Stattdessen hat der Albaner es geschafft, den Faller jahrelang von Sankt Pauli fernzuhalten, nachdem er ihn damals hat in die Falle tappen lassen.

Und jetzt ist der Calabretta wieder mal ganz dicht dran an ihm. Er hat einen V-Mann eingesetzt, es gibt wohl neue Informationen, neue Beweise. Ich habe mich aus der Sache von Anfang an rausgehalten, ich stecke in der alten Geschichte mit dem Faller zu tief drin, da ist es besser, ein bisschen in Deckung zu gehen. Aber ich wünsche dem Calabretta von Herzen, dass es ihm gelingt, dem Albaner an den Karren zu fahren.

»Der Albaner, hm?«

»Richtig«, sagt der Calabretta, »der hundsverfluchte, hinterfotzige Albaner.« Er steht auf. »Noch'n Drink?«

»Danke«, sage ich, »später.«

Die Musik wird noch mal einen Tick lauter, Siebziger-Disco jetzt, einen Stock höher fangen ein paar Frauen an zu johlen. Vermutlich die Ladys von der Sitte.

»Ich denke«, sagt der Calabretta, »ich werde da oben dringend gebraucht.«

»Das denke ich auch«, sage ich und gebe ihm einen kleinen Schubs mit meiner Stiefelspitze.

Mein italienischer Lieblingskommissar stürmt die Treppen hoch, in Erwartung ausgelassenen Weibervolks. Ich schäle mich aus den Polstern und gehe zum Fenster. Setze mich auf eine schmale, von Millionen

Nächten zerkratzte Holzbank und schaue runter in die Große Freiheit. Was für ein herrlicher Name für eine trostlose Straße. Frei ist hier keiner. Die Leute sind entweder zum Geldverdienen oder zum zwanghaften Feiern hier. Alles, was eine große Freiheit ausmacht, Gelassenheit, Weite, Freiwilligkeit, das gibt's hier nicht. Die Große Freiheit ist nur schön, wenn sie zuhat. An einem Spätsommernachmittag, dann ist keiner da außer der goldenen Sonne, die vom Hafen kommt.

Oder man betrachtet die Freiheit vom Beatles-Platz aus, an einem frühen Samstagabend, dann schichten sich die Leuchtreklamen und die Menschen ineinander, und es wird sich noch nicht geprügelt, und dann entsteht eine Art lebendiges Kaleidoskop aus Vergnügen. Das hat auch was. Aber dann bloß nicht durchgehen. Nur kucken.

Ich bin kein Fan der Großen Freiheit. Von hier oben geht's allerdings. Nur ein paar bunte Lichter und kaputter Asphalt. Und dann ist da ja noch der Schnee, der gerade wieder langsam fällt und der alles irgendwie zarter macht.

Ich verlasse meinen Fensterplatz und klettere die halsbrecherischen Treppen hinauf bis zur Dachterrasse, mache es mir in einer windstillen Ecke gemütlich, schaue durch das zappelige Fangnetz in den Himmel, horche ins ungewöhnlich stille Sankt Pauli und lasse mir ein paar Schneeflocken auf die Nase fallen.

»Da bist du ja.«

Der Inceman lehnt im Türrahmen. Er trägt ein Olympique-Lyon-Trikot. Hätte ich jetzt gar nicht gedacht.

Vielleicht doch ganz interessant, so eine Fußballvereinparty.
»Olympique Lyon?«, frage ich.
Er hebt die Hände.
»Seinen Club sucht man sich nicht aus.«
Seine Kollegen leider auch nicht, und so passiert es manchmal, dass da plötzlich Männer um einen herum auftauchen, die einen komplett wahnsinnig machen, denke ich. Mein Hals wird trocken, weil ich zu lange auf seine Unterarme starre.
Wenn ich hier wegwill, muss ich an ihm vorbei.
»Was möchtest du trinken?«, fragt er.
»Einen doppelten Wodka auf Eis und Zitrone«, sage ich.
Er sieht mich lange an, dreht sich um und geht Getränke holen. Ich warte, bis ich ihn nicht mehr auf der Treppe höre, dann sehe ich zu, dass ich Land gewinne. Ich bin nicht in der Verfassung, um mich erfolgreich gegen meine größte Versuchung zu wehren.
Ich bin auch eigentlich nicht in der Verfassung für die Große Freiheit, das bin ich ja wirklich nie, aber weil es so kurz vor Weihnachten ist, hat sich das Ausgehvolk vermutlich ins Kino geschmissen und sich dort aneinandergekuschelt. Und dann kucken sie gezuckerte Filme. Die Rummsdimeile ist so ruhig wie sonst nur an einem Dienstagvormittag.

Das Fenster am Haus gegenüber, das mit der wehen-
den Spitzengardine, hat dem Druck des Tages nachge-
geben und ist einfach aufgegangen.
Jetzt schneit's ins Zimmer.

23. DEZEMBER:
Gefrorene Glühwürmchen

Als ich am Morgen aufwache, liegt eine geschlossene Schneedecke über der Stadt. Kein Kopfsteinpflaster mehr zu sehen, kein Beton, kein Asphalt, nur noch Schnee. Nicht mal Autospuren auf der Straße. Den Gehsteig gegenüber sind ein Mann und ein Hund entlanggegangen. Ich mache das Fenster auf. Ich kann nichts hören. Die Stadt schläft fest unter ihrer weißen Decke.

Die Kollegen sind genervt von mir. Das kann ich an ihren Gesichtern sehen. Die haben überhaupt keinen Bock drauf, dass ich hier bei denen auf der Wache rumhänge. Ich kann das verstehen. Ich kann leider aber auch nicht aufhören damit. Ich hab's wirklich versucht. Ich habe versucht, Urlaub zu haben. Aber ich kann doch nicht durch die Stadt spazieren und fröhlich in die Luft kucken, während alten Männern ihre ohnehin schon hoffnungslosen Gesichter poliert werden. Ich will, dass sich da jemand drum kümmert. Und wenn die Kollegen keine Zeit haben – ich hätte. Aber, sagen wir's mal so: Diplomatie ist nicht mein zweiter Vorname. Ich hab gesagt, dass ich ihnen gerne ein bisschen unter die Arme greifen würde. Nein, falsch, ehrlich bleiben. Ich hab gesagt, dass ich den Fall besser mal übernehmen sollte, in Zusammenarbeit mit den Kollegen vom LKA 41. Weil ja Weihnachten ist und sie alle Familien haben.

Ist jetzt natürlich ein bisschen schiefgelaufen. Ich hab's vermasselt. Ich hab ihnen ihre Familien vorgehalten. War nicht so klug. Die Kollegen haben mich angeschaut, als hätte ich einmal kräftig durchs Zimmer gefaucht, und jetzt denken die, ich halte sie für unfähig und nicht engagiert genug. Das tu ich nicht, überhaupt nicht. Ich weiß doch, dass die alle tierisch viele Überstunden schieben. Ich bin nur manchmal bombig ungeschickt.

Ich stehe noch ein bisschen in der Ecke für die Übeltäter rum und versuche, mein Fettnäpfchen irgendwie wegzulächeln, aber es hilft nichts. Die Kollegen knurren und kucken und rauschen an mir vorbei, und ich sollte wohl besser abhauen. Für mein »Bis die Tage dann, und schöne Weihnachten« interessiert sich nicht mal der Türstopper.

Nach der Schneewucht von letzter Nacht gibt der Winter heute Ruhe. Es ist ein freundlicher, einigermaßen heller Tag. Der Himmel changiert zwischen Hellblau und Blassrosa, je nachdem, ob gerade die Sonne oder die Wolken Oberwasser haben. Im Moment sind die Wolken stärker, aber das passt schon. Am Passfoto-Automaten beim ehemaligen Schlachthof lehnt ein Mann, den Blick fest auf den Ausgang der U-Bahn-Station Feldstraße gerichtet. Er lehnt immer da, das ist sein Platz. Alle kennen ihn und seinen fast bodenlangen grauen Wollmantel, der ein bisschen aussieht wie ein Wolfspelz. Der Mann ist vielleicht Mitte fünfzig, er ist groß, und seine breiten Schultern lassen ihn stark und stattlich wirken. Aber sein Gesicht verrät, dass er zu viel und zu hart gelitten hat, um im Ernstfall noch stark zu sein. Sein Gesicht sieht aus wie zerknüllt und in die Ecke geworfen. Und auch wenn alle den Mann kennen, weiß keiner, warum er da steht und die U-Bahn nicht aus den Augen lässt. Keiner kann sich vorstellen, dass dieser Mann noch etwas zu erwarten hat vom Leben, am allerwenigsten Besuch. Würden wir beide einen inneren Einsamkeitswettbewerb veranstalten, er würde glatt gegen mich gewinnen. Und das können nicht viele von sich behaupten.

Ich zünde mir eine Zigarette an und gehe zu ihm rüber.

»Moin«, sage ich.

»Hallo«, sagt er, ohne mich anzusehen.

»Haben Sie kurz Zeit? Ich würde Sie gerne auf einen Kaffee einladen.«

»Ich kann hier nicht weg«, sagt er.

»Müssen Sie auch nicht«, sage ich. »Ich hole uns da drüben beim Portugiesen zwei Becher heißen Kaffee, und dann reden wir hier ein paar Minuten.«

»Mir ist nicht kalt«, sagt er, »danke.«

»Lieber ein Bier?«

Er schüttelt den Kopf. »Was wollen Sie von mir? Sind Sie ein Bulle?«

»Nein«, sage ich, »ich bin keine Polizistin. Ich bin Staatsanwältin, und ich habe eigentlich Urlaub und bin gar nicht im Dienst. Und im Grunde geht's mich auch nichts an, aber ich habe hier in den letzten Tagen zwei Männer gesehen, die übel zugerichtet worden sind. Einer davon liegt im Koma, und die Leute im Krankenhaus sagen, dass er wahrscheinlich nie wieder aufwacht. Mich macht das fertig. Ich will wissen, was plötzlich im Karolinenviertel los ist. Das war doch immer eine friedliche Ecke hier.«

So. Was keine Miete zahlt, muss raus.

»Nix ist los«, sagt der Mann.

»Ach, kommen Sie«, sage ich und stelle mich genau vor ihn. Ich strecke mich und stelle mich auf die Zehenspitzen, jetzt bin ich fast so groß wie er. Ich versperre ihm die Sicht auf die U-Bahn-Station. Er kuckt durch mich durch.

»Sie könnten das nächste Opfer sein«, sage ich.

Für drei Sekunden ändert sich was in seinem Blick, ich glaube, er kuckt mich an, aber ich bin ihm inzwischen so auf die Pelle gerückt, dass ich nicht mehr so gut sehen kann, weil ich so viel rieche. Es riecht nach

Mann auf der Straße. Aber es riecht nicht nach Alkohol, was ich erstaunlich finde.

»Mir kann nichts passieren«, sagt er. »Ich trinke nicht.«

Ich trete einen Schritt zurück, er hat wieder freie Sicht auf die Station und entspannt sich.

»Wie meinen Sie das?«

Die Wolken geben die Wintersonne wieder für ein paar Minuten frei, über sein zerknittertes, müdes Gesicht ergießt sich eine Kelle kaltes Licht.

»Die Jungs, die auf die Socken kriegen«, sagt er, »das sind die, die immer stockvoll sind.«

»Kriegen denn viele auf die Socken?«

»Immer mal wieder einer. Die drei da hinten«, er zeigt mit dem Daumen zu der großen Holztreppe am Ende des Platzes, natürlich ohne den Kopf zu drehen, »lagen alle schon in ihrem fauligen Blut.«

Auf der Treppe haben sich drei Obdachlose um einen Einweggrill aus dem Supermarkt geschart und halten ihre Hände über die glühenden Kohlen.

»Fragen Sie die mal. Wenn die vor lauter Suff noch reden können.«

Dann ist unser Gespräch offensichtlich beendet. Er lässt mich unsichtbar werden, und weil das kein gutes Gefühl ist, sehe ich zu, dass ich wegkomme.

Dieser Mann in seinem Wolfspelz ist voller Traurigkeit, und gleichzeitig scheint ihm alles außer einer guten Sicht so egal zu sein, da wird mir ganz klebrig auf der Seele. Der muss wirklich durch eine Menge durchgestolpert sein.

Ich laufe nicht direkt über den Platz, sondern mache einen kleinen Bogen und gehe beim Portugiesen vorbei. Kaufe vier Flaschen Sagres und versuche mein Glück bei den drei Herren vom Grill.

»Bier?«, frage ich.

Sie kucken mich finster an. Sie hätten gerne Bier, das kann ich sehen. Den Blick kenne ich von mir selbst.

Einer der drei, der mit der Fliegermütze, rülpst, dann kuckt er wieder in die Glut. Die anderen beiden machen es nach.

»Also, ich hab Durst«, sage ich, mache mir eine Flasche an einer anderen auf und fange an zu trinken. Der in der Mitte beugt sich zu dem mit der Fliegermütze und flüstert ihm was zu. Der Fliegermützenmann brummt, wackelt mit dem Kopf erst ein bisschen nach links und dann ein bisschen nach rechts, dann zuckt er mit den Schultern. Könnte so viel heißen wie: Ja, vielleicht.

Ich nehme einen großen Schluck von meinem dünnen, perligen Portugiesenbier. Mir schmeckt das.

Der Fliegermützenmann geht einen Schritt zur Seite, damit ich mich mit an den Grill stellen kann. Aha. Jetzt also doch. Wir stehen auf einer braun angemalten Stufe. Die nächste ist weiß, dann kommt eine rote, dann wieder eine weiße, dann ist wieder braun dran, dann ist die Treppe zu Ende. FC-Sankt-Pauli-Stufen. Sehen auf den ersten Blick noch ganz frisch aus, aber wenn man genauer hinkuckt, sieht man, dass sie schon ziemlich abgewohnt sind. Hier wird sich täglich aufgehalten, und zwar nicht zu knapp. Ich reiche den

Männern die Bierflaschen, sie machen sie mit ihren Feuerzeugen auf und trinken, ohne miteinander anzustoßen.

»Prost«, sage ich.

Knurren.

»Ich hab gehört, dass hier in letzter Zeit öfter mal jemand verprügelt wird«, sage ich. »Schon was davon mitgekriegt?«

Rülpsen.

»Ich hab gehört, dass es euch auch schon erwischt hat.«

Oberknurren. Noch ein Rülpsen. Und zack, noch dreimal geschluckt, dann sind die Bierflaschen auch schon leer. Der Fliegermützenmann sammelt sie ein und stellt sie hinter sich auf einer Treppenstufe ab. Der ist der Chef hier. Den muss ich knacken.

»Also, wenn mich einer zusammenschlagen würde«, sage ich, »dann würde ich wollen, dass er nicht einfach so davonkommt. Dann würde ich wollen, dass er das zurückkriegt.«

»Wir haben's überlebt«, sagt der jüngste der Männer leise, »das reicht.«

Der Fliegermützenmann sagt: »Halt's Maul, Benno.« Dann macht er einen Schritt nach rechts, ist wieder auf seinem ursprünglichen Platz zurück, und ich bin raus aus dem Kreis um die glühenden Kohlen.

Moment mal, Freunde. So nicht. Ich hab immerhin Bier spendiert.

Ich drängel mich wieder rein, diesmal aber zwischen Benno und den kleinen Dünnen, der bisher noch gar nichts gesagt hat. Was ja auch nicht so viel weniger ist, als die anderen so von sich gegeben haben.

»Keine Polizei«, sage ich. »Versprochen. Ich will euch nichts tun. Ich will nur wissen, was hier los ist.«

»Wozu?«, fragt der Fliegermützenmann und starrt bockig auf den Grill.

»Weil ich einen halbtoten Mann von einer Treppe in der Marktstraße gezogen habe«, sage ich. »Und einen Tag später lag da schon wieder einer verdreht in der Ecke.«

Der Fliegermützenmann kuckt mich an. In den Falten um seine Augen hat sich der Schmutz von Jahrzehnten gesammelt und festgesetzt. Er sieht aus, als würde er in einem Bergwerk arbeiten.

»Ich krieg das nicht mehr aus dem Kopf«, sage ich. »Und deshalb will ich wenigstens wissen, was genau den beiden Männern passiert ist.«

»Wir wissen nicht, was hier passiert«, sagt der Fliegermützenmann, und er klingt plötzlich sehr klar.

»Was heißt das?«

»Keiner erinnert sich an was«, sagt er. »Du wachst auf, überall ist Blut, dir tut die Fresse weh, und wenn du Pech hast, sind auch noch deine Schuhe weg. Aber du hast keine Ahnung, was passiert ist.«

»Seit wann geht das so?«

»Paar Wochen«, sagt Benno. »Hat im Herbst angefangen. Als es kälter wurde.«

»Euer Kollege da vorne an dem großen Fotoapparat behauptet, ihn erwischt's nicht, weil er nicht säuft«, sage ich.

»Der braucht nicht zu saufen«, sagt der Dünne, »der ist auch so wahnsinnig genug.«
»Der soll die Klappe halten«, sagt der Fliegermützenmann, »sonst erwischt's ihn aber sicher, und das kriegt er dann auch mit.«
Der Himmel hat sich innerhalb der letzten zehn Minuten wieder zugezogen, unverhältnismäßig schnell. Ich fühle mich, als wäre ich in einen Zeitraffer gerutscht, und ziehe vorsichtshalber meine Mütze tiefer in die Stirn.
»Fängt gleich an zu schneien«, sagt der Fliegermützenmann.
Benno holt eine alte Plastiktüte aus seiner Manteltasche, setzt sie sich auf den Kopf und sagt: »Wegen mir kann's losgehen.«

Carla und Rocco tanzen Tango. Das machen die neuerdings manchmal. Legen knüppeldicke, traurige Musik auf, stellen sich ganz dicht zusammen und warten, was passiert. Sieht toll aus. Verknotet und verzettelt und ganz selbstverständlich. Wie ein Monster aus Liebe.
Rocco war bis vor kurzem verschwunden, für ein paar Wochen abgetaucht, einfach weg. Passiert ab und an, da muss man sich keine Sorgen machen. Und wenn er dann wiederkommt, bringt er immer irgendwas Auf-

regendes mit. Diesmal war es Tango. Er behauptet, er sei in Buenos Aires gewesen. Carla glaubt, er war nur irgendwo auf dem Balkan, seinem Zigeunerblut hinterherjagen. Aber es ist im Grunde völlig egal, wo Rocco wirklich war. Es ist faszinierend, wie er das macht, dieses ewige Verschwinden und Auftauchen. Er ist ein lebendes Überraschungsei. Ein Tütenkasper mit zotteligen dunklen Locken und zerschlissenen, aber eleganten Anzügen. Alle mögen es.

Die beiden sind also an ihrem Tangodings dran. Ich trinke Weinschorle und schaue aus dem Fenster auf die Straße, die ich neben meiner eigenen wohl am besten kenne. Die Dietmar-Koel-Straße ist die Verbindung zwischen Michel und Hafen, und das gibt ihr Bedeutung. Wenn man's genau nimmt, ist sie vielleicht die Straße überhaupt in dieser Stadt.

Draußen läuft eine Familie reicher Russen vorbei, ich erkenne sie an ihren großen Pelzmänteln und an ihrer lauten Art zu reden. Keine Ahnung, was die eigentlich immer hier wollen. Russen und Hamburg, das passt doch gar nicht zusammen. Da hat keiner was von. Wäre ich ein Russe, ich würde immer Berlin nehmen.

Es ist der Tag vor Weihnachten, morgen ist Heiligabend. Wie der Fliegermützenmann vorhin ganz richtig vermutet hat, hat es angefangen zu schneien. Heftig und mit Wind. Die Besitzer der kleinen Pizzeria gegenüber, ein altes sizilianisches Ehepaar, die beide in den letzten Jahren nahezu quadratisch geworden sind, haben ihr Fenster von außen wie wild mit Lamettagirlanden in den italienischen Farben behängt. An die

Girlanden sind Engel geknotet, und kleine Pakete mit Panettonekuchen. Das ganze Getüddel hüpft im Wind hin und her, von Schneeflocken umtanzt. Ein Postkartenbild. Finde ich jetzt insgesamt gar nicht schlimm. Ich stelle fest: Wenn ich so in Carlas Café sitze, von einer Weinschorle beschützt, von den dämmrigen Kronleuchtern und beschlagenen Fenstern umarmt, kann ich Weihnachten vielleicht sogar ganz gut aushalten. Vielleicht liegt's aber auch am Tango. Manchmal hilft es ja kolossal, wenn außer einem selbst noch irgendwas anderes Trauriges im Raum ist. Dann gerät die Traurigkeit in Bewegung, tauscht sich aus und schließt einen nicht mehr so ein. Ich lasse die beiden tanzen, gehe hinter die Theke und mache mir noch eine Weinschorle. Der Oma am Tisch neben mir bringe ich auch gleich eine mit.

»Das ist aber nett von Ihnen«, sagt sie.

»Weihnachten«, sage ich und lächle sie an.

Café-Omas sind super. Eventuell werde ich später auch mal eine. Carla geht ja immer davon aus, dass wir Kreuzfahrt-Omas werden. Sie hat das schon ein paarmal durchgerechnet. Ein Monat mittelmäßige Mittelmeerkreuzfahrt kostet ungefähr 2000 Euro. Ein Platz in einem luxuriösen Altersheim, was an Komfort der mittelmäßigen Kreuzfahrt gleichkommt, kostet 4000 Euro. Auf Schiffen gibt's prima Ärzte, und sowohl die Betten als auch das Essen sind um Längen besser.

»Und wenn ich auf einem Schiff hinfalle und mir was breche«, sagt Carla dann, »kann ich für den Rest meines Lebens umsonst fahren.«

Wahrscheinlich hat sie völlig recht mit ihrem Kreuzfahrtdings.
Ich sehe mich trotzdem eher im Café.
Ich setze mich wieder an meinen Platz am Fenster, nehme einen Schluck von meiner Weinschorle und hole mein Telefon raus. Ich will den Kollegen von der Lerchenstraßenwache erzählen, was ich heute Morgen erfahren habe, aber bevor ich dazu komme, erzählen die mir was, und es ist keine gute Nachricht.
Als ich aufgelegt habe, sind meine Freunde fertig mit Tango tanzen. Rocco biegt Carlas Rücken noch einmal elegant nach hinten, dann verschwindet er in der Küche, und Carla setzt sich zu mir. Sie sieht schön aus, prall und lebendig und ohne ein einziges Zeichen von Abnutzung. Ihre kinnlangen Locken zittern ganz leicht, sie ist etwas aus der Puste, aber nur ein ganz kleines bisschen.
»Was ist denn mit dir los?«, fragt sie und trinkt meine Weinschorle in einem Zug aus. »Jemand gestorben?«
»Ja«, sage ich. »Ein alter Mann, den ich überhaupt nicht kannte. Kann ich mehr Wein haben, bitte?«

Ich bin bei Carla und Rocco geblieben, bis sie den Laden zugemacht haben. Ich hab einfach weiter Weißwein getrunken und gewartet und gemeinsam mit der Oma und den Kronleuchtern aus dem Fenster gekuckt.

Carla und ich haben Rocco dann noch zur *Blauen Nacht* gebracht. Weil Klatsche wieder mal irgendwo unterwegs war, ich aber heute schon genug gewartet hatte und nicht noch mehr warten konnte, sind Carla und ich gleich weiter. Carla sagt, wenn der Tod einem auf den Fersen ist, muss man zum Hafen, den Schiffen hinterherpfeifen. Was das soll, weiß ich nicht, aber Carla wird schon recht haben, die kennt sich aus mit Abhauen. Wir marschieren an der Hans-Albers-Statue vorbei, durch die Gerhardstraße und holen uns einen Wodka-Tonic to go in Lottas Bar. Der Laden ist ein Aquarium. Weich, flüssig, bunt. Wäre ich in ruhigerer Stimmung, würde ich mich hier an die Theke klemmen und für heute Nacht da auch nicht mehr weggehen. Ich würde in die schwimmenden Blasen starren, die von dieser alten, irrwitzig wackeligen kleinen Lichtmaschine an die Wand gepumpt werden. Ich würde mir eine Wodka-Tonic-Infusion legen lassen.

Aber wir müssen weiter. Carla will es so, sie ist mein Antreiber und schon wieder an der Tür, und ich muss ihr folgen, sonst könnte ich heute verlorengehen, das spüre ich ganz deutlich.

»Mach hinne«, sagt sie.

Ich reiße mich los, und wir schnurren runter zum Hafen, vom Wodka getragen und von der Stimmung gejagt. Erst als wir auf dem schwankenden Anleger bei der alten Fischauktionshalle angekommen sind, bremsen wir ab. Auf der Elbe schwimmen ein paar einzelne Eisschollen. Ihre rauhe Oberfläche kann das Licht nicht reflektieren. Es sieht aus, als lägen Schatten auf dem Wasser.

Wir zünden uns Zigaretten an, Carla steckt sich ihre in den Mundwinkel und die Hände tief in die Manteltaschen.

»Scheißkalt ist das«, sagt sie.

Ich ziehe den Rauch in meine Lungen, zusammen mit der eisigen Luft.

»Du bist traurig wegen dem alten Mann, hm?« Carla sieht aus wie eine schlechte, durch Weichspüler gezogene Bogart-Imitation, mit ihrem Hafenblick in den Augen und ihrer Kippe im Mundwinkel.

»Ich kann nicht verstehen, warum jemand so was tut«, sage ich. »Obdachlose verprügeln. Diese armen Kerle sind doch eh schon die Ärsche am Ende der Kette. Deren Leben ist echt beschissen genug. Wer tritt denn da noch drauf? Wer macht so was?«

»Es gibt auch Leute, die kleine Kinder vergewaltigen«, sagt sie. »Und es gibt Kinder, die Katzen anzünden.«

»Wollen wir jetzt einen Herzlosigkeitswettbewerb aufmachen, oder was?«

»Blödsinn«, sagt Carla. »Aber die Welt ist eine Ansammlung von Sauereien. Von denen du ja auch immer jede Menge mitkriegst. Ich versteh nicht ganz, warum dich ausgerechnet diese alten Männer so mitnehmen.«

Ich ziehe an meiner Zigarette. Die Elbe hat eine zackige Strömung heute. Die Schatten schieben sich zusammen und werden gewaltiger. In ein paar Tagen wird es kaum noch eisfreie Stellen geben. Ich schätze, spätestens an Neujahr wird die Elbe gefrieren, zumindest für einen kurzen Moment.

»Weil die alten Männer einsam sind«, sage ich. »Und weil die Einsamkeit ein großer, dunkler Sack ist, an dem man schon schwer genug trägt. Da braucht man gar keine Prügel mehr, um am Boden zu sein.«

Ich ziehe noch mal an meiner Zigarette, dann schmeiße ich sie in die Elbe.

»Deshalb.«

Wir trinken unsere Wodkas aus, schauen nach oben und lassen uns den Schnee auf die Stirn fallen. Die Flocken glitzern, und weil am Hafen so viele Lampen brennen, sieht es aus, als würden Glühwürmchen vom Himmel fallen.

24. DEZEMBER:
Ich wollte nicht alleine sein

Heiligabend. Gegen Mittag. Gestern Nacht muss eine Axt in meinem Kopf gelandet sein. Oder eine Atombombe. Ich schleiche an der Wand entlang in die Küche und taste meinen Schrank nach Kopfschmerztabletten ab. Finde zwei Ibuprofen und dem Himmel sei Dank auch den Wasserhahn. Dann lege ich mich noch mal hin. Erst mal warten, bis das Gewummer in meinem Gehirn aufhört.
Zwei Minuten später klingelt es.
Noch eine Minute später wünschte ich, ein Flugzeug würde vom Himmel stürzen und mich mitsamt der Türschwelle unter meinen Füßen einfach wegrasieren.
Meine Mutter ist da.
Ich war zwei Jahre alt, als ich sie zum letzten Mal gesehen habe. Ich kann mich überhaupt nicht an sie erinnern, und trotzdem dauert es nur ein paar Sekun-

den, bis ich begreife, wer da mit Rollköfferchen im Türrahmen steht. Sie ist zwei Köpfe kleiner als ich, aber sie hat meine Haare, sie hat es sogar geschafft, exakt unseren Farbton zu halten beziehungsweise ihn beim Färben zu treffen. Ein kastaniges Brünett. Und sie hat meinen Mund mit den großen Lippen, nur mit Lippenstift drauf. Mehr Gemeinsamkeiten haben wir auf den ersten Blick nicht, das erleichtert mich. Ich bin froh, in Statur und Blick mein Vater zu sein.

»Freust du dich?«, fragt sie und lächelt ein Lächeln, mit dem sie eine Konservendose öffnen könnte.

Ich weiß nicht, ob ich mich freue. Ich glaube nicht.

»Äh«, sage ich.

Sie hat nicht mal Blumen dabei. Nicht, dass ich der Typ wäre, der Blumen braucht. Aber das kann sie ja nicht wissen. Und man bringt doch Blumen mit, wenn man unangemeldet jemanden besucht, oder nicht? Das weiß ja sogar ich.

Mein Kopf wird von einer Welle aus Schmerz gewaschen, ich muss mich für einen Moment an der Wand festhalten. Dummerweise weiche ich dabei zur Seite und räume meinen Platz im Türrahmen. Sie interpretiert das als Aufforderung hereinzukommen. Ich kann nichts dagegen tun. Ein Problem daran, dass einem die Mutter vor Jahrzehnten davongelaufen ist: Man hat keine Ahnung, wie man eigentlich mit einer Mutter umgeht.

»Schön«, sagt sie, als sie ihr Köfferchen durch meine Wohnung rollert. »Ja, wirklich, beautiful. Ich hab mich immer gefragt, wie du wohl so wohnst.«

»Du hättest mich fragen können«, sage ich.

Sie lächelt wieder ihr Büchsenöffnerlächeln und sagt:
»Oh, come on. Ich war in Wisconsin!«

Sie spricht mit zwei Akzenten. Ein bisschen hessisch,
ein bisschen mehr amerikanisch. Und es ist offensichtlich, dass sie entsetzt ist darüber, wie ich wohne. Sie
steht am Wohnzimmerfenster und schaut auf die Straße runter. Sie gibt sich wirklich Mühe, ihr Entsetzen
zu verbergen, aber es gelingt ihr nicht.

»Warum bist du hier?«, fragt sie und meint damit:
Warum wohnst du hier?

»Warum bist *du* hier?«, frage ich, und ich meine es so,
wie ich es sage.

Sie setzt ein dramatisches Gesicht auf, und ihre Haut
legt sich in exakt drei Falten. Eine zieht sich von der
Nase zum linken Ohr, eine zieht sich von der Nase
zum rechten Ohr, und eine liegt genau zwischen den
Augen. Da ist aber jede Menge gemacht worden. Früher war sie mal Ruth Hinzmann, eine hübsche, etwas
gewöhnliche Sekretärin aus Hanau. Jetzt ist sie eine
wächserne Amerikanerin geworden.

»You know, Dexter ist tot«, sagt sie.

Ich ziehe die Augenbrauen hoch.

»Mein Mann«, sagt sie, in einem Ton, als müsste jeder
wissen, wer Dexter ist.

Meine Mutter war nach der Ehe mit meinem Vater
noch zweimal verheiratet. Das letzte Mal mit einem
Zahnarzt. Ich weiß das, weil sie mir in den letzten
zehn Jahren ab und zu Karten geschickt hat. Auf denen sie exzessiv ihren jeweiligen Familienstand erläu-

terte. Aber den Namen *Dexter* hatte ich jetzt nicht parat. Sie lässt ihren Koffer los, geht zu meiner Couch und setzt sich. Genau in die Mitte.

»Ich wollte an Weihnachten nicht alleine sein«, sagt sie. »Und da dachte ich: Wozu hab ich eine Tochter?«

»Du wolltest an Weihnachten nicht alleine sein?«

Mein Kopf ist schlagartig von großer Klarheit erfüllt. Mir tut nichts mehr weh, und ich bin gespannt wie ein Flitzebogen. Adrenalin war schon immer mein Freund. Sie nickt, und ich glaube, in ihren Augen schwimmen ein paar selbstmitleidige Tränen. Ich gehe zum Fenster, schiebe ihren Koffer beiseite und lehne mich an die Fensterbank. Sankt Pauli im Rücken. Meine Straße, mein Dorf, mein Zuhause. Gutes Gefühl.

»Ich bin seit zwanzig Jahren alleine«, sage ich, »und ich meine damit nicht nur diese verdammten und furchtbaren Weihnachtstage. Ich bin allein, seit Dad sich an seinem Schreibtisch erschossen hat.«

»Dein Vater war nie besonders stark gewesen«, sagt sie.

In mir fängt die Wut an, sich zu entzünden. Ein paar Funken sind schon da. Sie knallen wie kleine Spitzen von innen an meinen Brustkorb.

Ich würde diese Frau wirklich gerne aus meiner Wohnung schmeißen. Ich weiß nur nicht, wie.

»Er war stark wie ein Löwe«, sage ich. »Er hat mich groß gekriegt, in einem für ihn fremden Land.«

»Sorry«, sagt sie, »aber starke Männer stehlen sich nicht aus dem Leben davon. Selbstmord ist eine Versündigung an unserem Lord.«

Herrje. Religiös ist sie auch noch.

»Das war kein Selbstmord«, sage ich. »Das war sein Herz. Es war zerbrochen und hat irgendwann nicht mehr mitgemacht. So war das.«

Meine Wut fährt runter. Hat wahrscheinlich selbst gemerkt, dass sie sinnlos ist. Diese Frau hat keine Ahnung, was sie uns angetan hat, als sie damals gegangen ist.

Sie sagt »mh«, ganz kurz und sehr zickig.

»As you like. Kann ich einen Coffee haben? Der Flug war so furchtbar lang.«

Büchsenöffnerlächeln.

»Wegen mir hättest du nicht fliegen müssen«, sage ich.

Sie kuckt mich beleidigt an.

Dann gehe ich tatsächlich in die Küche und mache Kaffee. Keine Ahnung, warum ich das tue.

Sie ruft mir hinterher, dass wir noch einen Weihnachtsbaum brauchen.

Sie liegt in meinem Bett und schläft. In *meinem* Bett. Hat sich da einfach reingelegt. Ich soll sie in zwei Stunden wecken. Ich soll sie *Mum* nennen. Ich will nicht mit ihr reden. Sie hat das Gemüt einer rostigen Dampfwalze. Kommt hier rein und fährt mir einfach über die Existenz. Ich fühle mich geplättet. Und die ganzen alten Risse sind auch wieder aufgegangen.

Ich sitze am Fenster und rauche und versuche, irgendwie hier rauszukommen. Ich weiß, ich müsste nur aufstehen, meine Stiefel anziehen, meinen Mantel nehmen und gehen. Aber ich klebe an der Fensterbank fest, an der sie vorhin gestanden hat.
Ich wollte ja eigentlich das Fenster im Haus gegenüber zumachen. Hab ich vergessen. Jetzt schwingt es im Wind auf und zu. Sieht aus, als würde da drüben ein Gespenst wohnen.

Ich habe sie nicht geweckt. Ich habe meinen persönlichen Alptraum schlafen lassen. Und tatsächlich ist mir die Flucht aus meiner Wohnung doch noch gelungen. Ich laufe die Hein-Hoyer-Straße entlang. Ich bin wie in Watte gepackt und nehme kaum etwas wahr. Gibt aber auch nicht viel zu sehen. Heiligabend auf Sankt Pauli, das ist wie Hannover: absolut uninteressant. Nichts los. Sankt Pauli lebt davon, dass Menschen auf den Straßen sind. Jetzt sind alle zu Hause. Wer eine Familie hat, hockt unterm Baum. Wer keine Familie hat, versteckt sich traurig vorm Fernseher. Und geht auf keinen Fall raus. Das würde nämlich nur noch trauriger machen, weil ja draußen auch keiner ist.
Ich habe auf meinem Weg bisher keinen einzigen Menschen getroffen. Aber jetzt sehe ich einen. Trägt unterm weißen Kittel einen dicken Anorak und unterm weißen

Käppi eine Wollmütze. Steht da vorne am Wurstgrill und brät Würstchen. Keine Ahnung, für wen er die brät, ist ja niemand da, der ihm was abkaufen könnte. Zumindest bewegt er sich und holt mich aus meinem Wattepaket. Er winkt mir zu, als ich an der Ampel stehe. Ich winke zurück, wir lächeln uns an, und dann sehe ich, wie schön diese Kreuzung gerade ist. Wie gut der Reeperbahn die Stille tut. Und der Schnee. Es hat in den letzten zwei Tagen ja immer mal wieder gut geschneit, und es ist kalt genug geworden, damit die Flocken liegen bleiben können. Die weißen Dächer, die dicken Hauben auf den Laternen und die zuckergussigen Ränder auf den Gehsteigen lassen die Leuchtreklamen der Kiezläden weicher erscheinen. Verwischter. Verhuschter. Und gleichzeitig bunter. Wie ein Lebkuchenhaus, das ein bisschen den Verstand verloren hat.

Ich überquere die Reeperbahn, winke dem Würstchenmann noch mal zu, an der Davidwache löst sich eine kleine Lawine von der blauen Leuchtschrift und fällt mir direkt vor die Füße. Die wabernde Stille trägt das Nebelhorn eines großen Schiffes vom Hafen herüber. Ich atme tief ein und wieder aus, ich halte den ozeanischen Anteil der Luft in meinen Lungen fest, ich gehe die Davidstraße hoch, und als ich in die Friedrichstraße einbiege, habe ich meine Mutter vergessen. Klatsche hat uns alle in die *Blaue Nacht* bestellt. »Weihnachten wegdrücken«, hat er gesagt. »Wozu haben wir denn eine eigene Kneipe?«

Ich mache die Tür zu Klatsches Bar auf, und da empfängt mich all das, was ich an dem Jungen so mag:

Wärme, heitere Unvollkommenheit und ein Leuchten. Er hat heute Abend alle elektrischen Lichter ausgelassen, nur die rote »Blaue Nacht«-Neonschrift über der Theke ist an. Aus der Jukebox plätschern Melodien von Ennio Morricone. Auf den Tischen und in den Fenstern stehen weiße Kerzen, dünne, dicke, kleine, große. Es gibt kein Weihnachtsdings, keine Dekoration, nur dieses spezielle dunkle Licht und Klatsches Gesicht. Seine Augen, die einen liebevollen, immer gnädigen Blick auf die Welt werfen. Seine Wangen, die lebendig glänzen. Sein ganzes Wesen, das so verflixt viel Zuversicht ausstrahlt. Und er hat die alten Heizkörper bis zum Anschlag aufgedreht. Er weiß, dass ich schnell friere.

»Hey«, sagt er und lächelt mich an, als wäre ich das Christkind. »Wie schön, dass du da bist, Baby.«

»Wie schön, dass du da bist«, sage ich. »Und du darfst mich heute ausnahmsweise Baby nennen.«

»Yes!« Er macht die Beckerfaust.

Ich ziehe meinen Mantel aus und schlüpfe zu ihm hinter die Theke. Er legt seinen linken Arm um meine Taille, zieht mich an sich und gibt mir einen langen Kuss, den ich ziemlich gut gebrauchen kann. In der rechten Hand hält er die Zigarette, die er sich gerade angezündet hatte. Ich lege meinen Kopf an seine Schulter und lasse ihn da auch erstmal eine Weile liegen. So was mache ich normalerweise nicht, das ist eigentlich überhaupt nicht mein Stil. Aber ich bin in wehmütiger Stimmung. Als ich die Titelmelodie von »Der Profi« höre, kriecht mir eine winzige Träne ins

Auge, die erste Weihnachtsträne der Saison, alle Jahre wieder, und dann geht die Tür auf, und Carla und Rocco sind da. Ich wische mir schnell übers Auge und nehme meinen Kopf von Klatsches Schulter, aber Carla hat es gesehen.

»Hier ist das aber kuschelig«, sagt sie und grinst mich an. Ich tue so, als würde ich ihren Blick nicht bemerken.

»Hab ich extra gemacht«, sagt Klatsche, »nur für euch.«

»Is’ klar«, sagt Carla.

»Mach mal Bier auf«, sagt Rocco.

»Heute gibt’s kein Bier«, sagt Klatsche, »heute gibt’s was Besseres. Setzt euch an den Tisch dahinten und haltet schon mal die Luft an.«

Wir setzen uns an einen Ecktisch mit drei besonders herzhaft runtergebrannten Kerzen. Klatsche holt eine goldene Flasche schottischen Single Malt und vier Gläser aus dem Regal und stellt alles mitten auf den Tisch.

»Schöne Weihnachten, liebe Freunde«, sagt er.

»Ich dachte, wir schenken uns nichts!« Carla kuckt ihn vorwurfsvoll an. »Ich hab jetzt gar nichts dabei, ich …«

»Ihr seid mein Geschenk«, sagt Klatsche, setzt sich hin und schenkt allen ein. »Den Whisky hab ich schon ewig im Schrank, musste nur mal ein Anlass her. Und jetzt bitte ganz in Ruhe genießen, ihr Punks. Das Zeug hier kippt man sich nicht einfach hinter die Binde, okay?«

Und so sitzen wir die nächsten Stunden um einen Tisch, lassen uns das warme, weiche Gold die Kehlen runterlaufen und reden.

Carla erzählt von den Weihnachtsabenden mit ihrer Großmutter in Portugal, in einer Souterrainwohnung in Lissabon. Die Großmutter tischte Stockfisch auf und zum Nachtisch süßen Reis, und wenn Carla und ihre Oma um Mitternacht ins Bett gingen, ließen sie alles auf dem Tisch stehen, damit die Engel was zu essen hatten, wenn sie nachts zu Besuch kamen.

Rocco sagt, Weihnachten hätte ihn nie interessiert, bis zu dem Tag, an dem er eingebuchtet wurde. Das war der erste Advent. Drei Wochen später, nach seinem Prozess, wurde er aus der Untersuchungshaft nach Santa Fu verlegt und teilte sich von da an eine Zelle mit Klatsche. An Heiligabend saßen die beiden im Gemeinschaftsraum zusammen unterm Baum, und weil Klatsche da war, kam das Rocco alles viel weniger trostlos vor.

Klatsche rückt ein Stück näher an seinen Kumpel ran und legt ihm den Arm um die Schultern.

»Jaja, Freunde«, sagt er, »ich bin nämlich gar nicht Klatsche. Ich bin der verrückte Weihnachtsmann.«

Und er holt ganz weit aus, fängt an bei einem Tag im November des Jahres 1998, als er noch ein Teenager war. Als er das Klauen lernte und das Türenknacken. Als er in ein völlig überteuertes Spielzeuggeschäft in Blankenese einbrach und seine gesamte Beute vorm Kinderheim ablegte. In Tüten verpackt, mit kleinen Zetteln dran: *Vom Weihnachtsmann.*

Er ist so ein Halunke und gleichzeitig so ein guter Junge. Er ist so viel von dem, was Menschen sein können. Er ist ein Sonderfall, und er ist universell. Solange ich Klatsche an meiner Seite habe, kann mir nichts passieren. Obwohl er viel jünger ist als ich, ist er zu meinem Beschützer geworden. Zu meinem Totemtier. Er weiß immer, wie es um mich steht. Er weiß immer, was wichtig ist. Wäre er noch ein paar Jahre jünger, er könnte mein Sohn sein. Und doch brauche ich ihn, wie ich meinen Vater gebraucht habe: als verlässliche Größe in einem eher unzuverlässigen Leben.

Aber irgendwas hält mich immer zurück. Irgendwas hält die Handbremse gezogen. Das weiß er, und ich weiß, dass ihm das manchmal weh tut.

Er ist großzügig genug, mich nicht mit der Nase reinzustoßen.

Ich tu so, als würde ich nicht mitkriegen, dass ich jetzt eigentlich mit Erzählen dran bin. Mir ist nicht nach reden. Worüber sollte ich auch reden? Über die geprügelten Obdachlosen? Über den beknackten Besuch in meiner Wohnung? Ich könnte von den Weihnachtstagen erzählen, die ich mit meinem amerikanischen Vater in europäischen Hotellobbys verbracht habe. Ich kann mir vorstellen, dass die drei hier das gerne hören würden. Aber auch, wenn sie meine Freunde sind, habe ich keine große Lust, vor ihnen zu heulen. Also halte ich lieber die Schnauze und werfe ein bisschen Geld in die Jukebox, damit sie weiß, was sie spielen soll.

»Chris Isaak?«, fragt Carla, als sie meine Musikauswahl registriert, und zwischen ihren Augenbrauen bildet sich eine kleine, dreieckige Falte.
»Ja, klar«, sage ich, »das klingt so schön nach schwülen Sommernächten, oder?«

Wir stehen vor unserem Haus und schauen nach oben. In Klatsches Wohnung ist alles dunkel. In der Wohnung nebenan, meiner Wohnung, brennt Licht. Es ist zwei Uhr nachts. Klatsche kuckt mich an, dann kuckt er wieder zu meiner Wohnung hoch und kneift die Augen zusammen.
»Haste Licht angelassen? Oder räumt dir grade einer die Bude aus?«
»Nein«, sage ich. »Meine Mutter ist da.«
Und offensichtlich ist sie aufgewacht.
Er nimmt mich in den Arm.
»Um Himmels willen, wie konnte das denn passieren?«
»Ich hab keine Ahnung«, sage ich.
»Komm«, sagt er und nimmt mich an der Hand, »wir mauern deine Tür zu. Und du wohnst ab jetzt bei mir.«

25. DEZEMBER:

Sie sind weg

Sie sitzt an meinem Küchentisch und frühstückt. Hier wird normalerweise nicht gefrühstückt. Klatsche hat manchmal so Sonntagsbrötchenanwandlungen. Aber der darf das auch.
»Wo warst du denn die ganze Nacht?«
Sie kuckt mich an, als wäre ich fünfzehn und entgegen der Absprache nicht nach Hause gekommen.
»Ich hab mir erlaubt, den zweiten Schlüssel zu nehmen und an der Tankstelle ein bisschen was einzukaufen. Du hast ja überhaupt nichts im Haus.«
Sie beißt in ein Croissant mit Butter und roter Marmelade. Ja, sie hat sogar Butter besorgt.
Ich gehe ins Schlafzimmer, um mir frische Klamotten anzuziehen. Das Bett ist tipptopp gemacht, so sieht das bei mir nie aus. Sie hat die Decke strammgezogen und einen Knick ins Kopfkissen gehauen. Ich darf

nicht zu lange draufschauen, sonst werde ich verrückt. Ich nehme mir Unterwäsche, ein T-Shirt, einen Pulli, Strümpfe und eine frische Jeans aus dem Schrank, gehe ins Bad und schließe ab.
Ich frage mich, wie lange sie eigentlich bleiben will.

Die Kollegen an der Lerchenstraße sind offenbar nicht mehr sauer auf mich. Sie lächeln mich sogar an, als ich reinkomme. Vielleicht sind sie jetzt doch ein bisschen froh, wenn ihnen jemand Arbeit abnimmt. Sie sagen, dass ja wohl keiner was dagegen tun kann, wenn die Staatsanwältin ermitteln will.
»Nicht mal die Staatsanwältin«, sage ich.
»Nicht mal der Weihnachtsmann«, sagt einer der Herren Hauptkommissare und gibt dem traurigen kleinen Tannenbaum auf dem Tresen einen Klaps. Und pling, fangen die zarten Glühbirnen der Lichterkette an zu leuchten.
»Wackelkontakt«, sagt er.
Wir lachen uns einen, und in genau dem Moment kommt eine Frau rein, der wir alle ansehen können, dass sie sich letzte Nacht die Augen ausgeheult hat.
»Mein Sohn«, sagt sie. »Mein Sohn ist weg.«
Sofort ist eine Beamtin bei ihr. Die Frau hat eine überdimensionierte, cognacfarbene Handtasche dabei. Und ein Mädchen, das ist vielleicht fünfzehn. Sieht aus wie ihre Mutter. Beide sind zierlich, man sieht,

dass da auf Figur geachtet wird. Beide haben spitze Nasen und blonde, halblange Haare, die wahrscheinlich täglich ein Glätteisen sehen. Beide erinnern mich stark an Heidi Klum, obwohl weder die eine noch die andere das passende Alter hat. Und sie tragen diese schweineteuren, dunkelblauen Daunenparkas mit Koyotenfell an der Kapuze, die man eigentlich eher in Eppendorf spazieren führt als auf Sankt Pauli. Aber ich sehe solche Jacken in letzter Zeit öfter hier.

»Seit wann ist Ihr Sohn weg?«, fragt die Beamtin.

»Seit gestern«, sagt die Frau. »Er ist nach dem Kaffee noch mal raus und wollte am Abend zurück sein. Wir wollten ja zusammen Weihnachten feiern. Mein Mann hat die ganze Zeit gesagt, ich soll mir keine Sorgen machen, Jungs würden manchmal ihren Kopf verlegen, der würde schon wiederkommen. Als er dann heute Morgen nicht in seinem Bett lag, haben wir einen Riesenschreck bekommen.«

Die Frau zittert, und in ihren Augen schwimmen Tränen. Ihre Tochter kaut abwechselnd ihren Kaugummi und ihre Unterlippe und trippelt von einem Fuß auf den anderen.

»Jetzt steh doch mal bitte still, Larissa. Du machst mich ganz nervös …!«

Larissa hört kurz auf zu trippeln, dann fängt sie wieder an. Und wenn sie nicht aufpasst, hat sie ihre Unterlippe gleich durch.

»Ist Ihr Sohn öfter mal über Nacht weg, ohne sich abzumelden?«, fragt die Beamtin.

Die Frau schüttelt den Kopf.

»Nie«, sagt sie. »Er kommt immer nach Hause.«

»Hat sich Ihr Sohn vielleicht bei irgendjemandem ge-
meldet? Haben Sie eine Idee, wo er sein könnte?«

»Meine Freundin«, sagt die Frau, »hat einen Schuhladen im Karolinenviertel. Die hat ihn gesehen, als sie
gegen fünf noch mal kurz da war, weil sie was vergessen hatte.«

Die Frau holt ein Taschentuch aus ihrer dicken Tasche
und tupft sich die Augen. Larissa ist bei dem Wort *Karolinenviertel* ein bisschen zusammengezuckt. Die Information war ihr wohl neu. Und sie fand sie auf irgendeine Art interessant.

»Gab's in den letzten Wochen Streit oder Probleme?«
Die Beamtin hakt den Fragenkatalog ab. »Wo treibt
sich Ihr Sohn denn üblicherweise so rum?«

Die aufgelöste Mutter schüttelt den Kopf und zuckt
mit den Schultern und schüttelt wieder den Kopf, und
es ist schnell klar, dass sie keinen Schimmer hat, was
ihr Junge eigentlich den ganzen Tag macht.

Ich behalte Larissa im Auge. Irgendwas stimmt mit
der nicht. Sie wirkt, als hätte sie was intus, Speed oder
Koks oder irgendwelche Pillen. Fehlt nur noch, dass
sie anfängt, sich unkontrolliert zu kratzen.

»Hat sich Ihr Sohn in letzter Zeit irgendwie verän-
dert? Ist Ihnen was aufgefallen?«

»Er hat seit ein paar Monaten eine Freundin, mit der
wir nicht einverstanden sind«, sagt die Frau und hält
sich ihr Taschentuch unter die Nase. »Aber es war
nicht so, dass es deswegen aktuell Ärger gab.«

»Was stört Sie denn an der Freundin Ihres Sohnes?«

»Das Mädchen hat einfach nicht seine Kragenweite. Kommt nicht gerade aus gutem Hause. Wenn Sie verstehen, was ich meine.«

Die Beamtin zieht die Augenbrauen hoch.

»Die Familie wohnt im Schmidt-Rottluff-Weg«, sagt die Frau und kuckt die Beamtin an, als würde das doch jetzt aber bitte schön als Grund genügen.

»Wo wohnen Sie denn?«

»Wir wohnen in der Wohlers Allee.«

Schick.

»Schick«, sagt die Beamtin, die Frau registriert es, reagiert aber nicht darauf.

»Haben Sie mit der Freundin Ihres Sohnes gesprochen? Ist er da vielleicht aufgetaucht?«

»Ich hab bei Angel angerufen«, sagt Larissa. Ihre Mutter kuckt sparsam. »Angel ist auch verschwunden.«

»Angel?«, fragt die Beamtin. »Ist das die Freundin deines Bruders?«

»Sie heißt Angela«, sagt Larissas Mutter.

»Könnte es sein, dass die beiden zusammen abgehauen sind?«, frage ich.

Die Frau schüttelt den Kopf. »Das würde Yannick uns nicht antun.«

»Was glaubst du denn?« Ich sehe Larissa an. »Sind dein Bruder und seine Freundin auf und davon?«

Larissa kuckt erst auf den Fußboden, dann kuckt sie mich bockig an, dann ihre Mutter, dann sagt sie:

»Nö. Wozu auch? Ist doch alles cool hier.«

Ich traue Larissa nicht weiter, als ich sie werfen kann. Ich wüsste gerne, warum sie so nervös ist.

»Und die Eltern von Angel?«, frage ich sie. »Machen die sich keine Sorgen?«

Larissa zuckt mit den Schultern.

»Die saufen immer nur und glotzen Talkshows.«

»Haben Sie ein Foto von Ihrem Sohn dabei?«, fragt die Beamtin.

Die Frau holt ein großes schwarzes Notizbuch aus ihrer Handtasche. Zwischen den Seiten liegt ein Foto von einem schlaksigen, ziemlich hübschen Jungen mit hellbraunen, halblangen Haaren und einem kantigen, erwachsenen Kinn.

»Das war im Sommer vor zwei Jahren«, sagt sie.

Der Junge lehnt an einem alten braunen Porsche und kuckt einigermaßen zornig in die Kamera.

»Ein aktuelleres habe ich leider nicht.«

Soweit ich weiß, fotografieren Eltern ihre Kinder in einer Tour. Aber vielleicht ändert sich das auch, wenn die Kinder älter werden. Und bockig.

»Wir bräuchten dann noch die Mobilnummer Ihres Sohnes. Vielleicht können wir ihn so ja ganz schnell finden. Er hat doch ein Telefon, oder?«

Die Frau nickt.

»Und natürlich Ihre Personalien, bitte«, sagt die Beamtin. »Und auch die Namen der Eltern von Angela, wenn Sie die kennen.«

Die Frau verzieht das Gesicht zu einer verächtlichen Fratze, und das ist echt schlimm, wie sie das macht. Verachtung ist ein hässlicher Zug.

»Ich geh mal wieder ins Karolinenviertel«, sage ich. »Noch ein bisschen mit den Obdachlosen reden.«

Die Beamtin schaut mich leicht genervt an. Stört mich jetzt nicht. Wichtiger ist mir, wie mich Larissa anschaut, als ich das sage.
Sie sieht aus, als hätte ich eine Bombe hochgehen lassen. Und sie kaut wie eine Irre auf ihrer Unterlippe. Die Unterlippe fängt an zu bluten, sie ist an einer kleinen Stelle in der Mitte aufgegangen.
»Wir sehen uns«, sage ich zu den Kollegen und hebe die Hand, und Larissa schaut mir nach, als ich durch die Tür nach draußen gehe, und ich sehe ihr an, dass sie mir am liebsten hinterhersprinten würde.
Wir sehen uns noch, Mädchen, verlass dich drauf.

Ich warte eine gute halbe Stunde, dann rufe ich auf der Lerchenstraßenwache an und lasse mir von der Kollegin die Adresse von Larissas Familie geben. Caspar und Liliane von Heesen wohnen mit ihren beiden Kindern in einem Einfamilienhaus in der Wohlers Allee. Die Eltern von Angel, Frank und Susann Kober, wohnen mit vier Kindern im Schmidt-Rottluff-Weg in einer Sozialwohnung. Harte Ecke.
»Was machen Sie jetzt?«, frage ich die Kollegin.
»Wir setzen erst mal drei zusätzliche Fußstreifen ein, die die Augen offen halten«, sagt sie. »Und zwei Kollegen sind auf dem Weg zu den Eltern von dieser Angel. Außerdem versuchen wir, die beiden über ihre

Telefone zu orten. Kann doch gut sein, dass die nur irgendwo rumlungern und Bonnie und Clyde spielen und keine Lust haben, nach Hause zu gehen.«

Ich bin mir da nicht so sicher. Aber jetzt direkt eine Hundertschaft durchs Viertel zu jagen, die die Dachböden auseinandernimmt und alle Leute aufscheucht, halte ich auch für ein bisschen übertrieben.

»Ich würde mir gerne die Zimmer von Yannick und Larissa von Heesen anschauen«, sage ich. »Ist das für Sie in Ordnung?«

»Vollkommen in Ordnung. Super, wenn Sie das übernehmen.«

Puh. Das wäre also endgültig geklärt.

Liliane von Heesen hat damit gerechnet, dass jemand kommt. Oder sie haben sie angerufen. Die Tür ist auf, bevor ich klingeln kann.

»Bitte«, sagt sie und lässt mich rein. »Möchten Sie eine Tasse Tee?«

Ohne ihren Daunenmantel wirkt sie noch zierlicher. Und sie hat weiter geweint. Die hat in diesem Jahr auch ein Scheißweihnachten, so viel ist sicher.

»Nein danke«, sage ich. »Darf ich mir das Zimmer Ihres Sohnes mal ansehen?«

Sie nickt und führt mich eine Treppe hoch, die vor dem Eingang zur eigentlichen Wohnung ins obere

Stockwerk führt. Sie trägt diese Hollywoodjeans für siebenhundert Euro und gelackte Ballerinas.

Oben wartet eine Mischung aus erstem Stock und ausgebautem Dachgeschoss. So wohnen halberwachsene Bildungsbürger oder ausgewachsene Büros. Das Parkett glänzt ohne jeden Kratzer. In der Mitte des quadratischen Flurs liegt ein hellgrauer Teppich, gleiche Farbe wie die Badezimmerfliesen. Die Tür zum eigenen Bad der Kinder steht offen. Picobello entworfener kleiner Beautytempel, mit blitzender Wanne, goldenen Armaturen und großem Veluxfenster. Auf dem Boden liegt ein flauschiges weißes Handtuch, mit ein paar rosa und schwarzen Flecken, ich tippe auf Lippenstift und Mascara und Larissa.

»Entschuldigen Sie«, sagt Larissas Mutter. Sie schlüpft kurz ins Bad und hängt das Handtuch über den Handtuchhalter. Dann macht sie die rechte von den beiden Zimmertüren auf.

»Das hier ist Yannicks Zimmer.«

In der einen Ecke, links unterm Fenster, steht ein Futon. Weiße Bettwäsche. In der anderen Ecke, rechts neben dem Fenster, ein Schreibtisch mit einem silbernen Laptop drauf. Davor ein blauer Schreibtischstuhl, über der Lehne hängt ein dunkelblauer Kapuzenpulli. Neben dem Schreibtisch steht ein alter brauner Ledersessel, da ist eine Jeans drauf geworfen worden. Die beiden Wände in meinem Rücken sind mit Regalen zugestellt. Ein halbes Regal für Bücher, der Rest für CDs, DVDs und Computerspiele. Auf dem Parkett liegt kein Teppich, an der Wand über dem Bett hängt ein Poster von Megan Fox.

93

Ich gehe zum Schreibtisch und sehe aus dem Fenster. Bäume. Schnee. Wohlers Park.

Auf der Fensterbank steht eine Box mit Computerspielen. Metal Gear Solid, Teile eins bis vier.

Ich nehme die Box in die Hand und hole eine der DVDs raus. Vorne drauf ist eine Zeichnung von einem muskulösen Typ in grünen Kampflumpen. Er hat ein Tuch um die Stirn gebunden, hält eine ziemlich ausgebuffte Schusswaffe hoch, kuckt gnadenlos und zielt. Der Typ erinnert mich an irgendwen, aber Rambo ist es nicht.

Ich sehe Liliane von Heesen an.

»Kennen Sie das?«

Sie schüttelt den Kopf.

»Nein«, sagt sie, »beim besten Willen nicht. Aber das Zeug, das nicht im Regal steht, ist meistens das, was am häufigsten gespielt wird.«

»Mit wem spielt er das?«, frage ich.

»Allein.«

Ich sortiere die DVD wieder ein und stelle die Box zurück auf die Fensterbank.

»Möchten Sie Larissas Zimmer auch sehen?«, fragt sie.

»Wo ist denn Ihre Tochter?«

»Keine Ahnung«, sagt sie. »Die ist vor einer halben Stunde raus. Trifft sich wahrscheinlich mit einer Freundin.«

»Wissen Sie, mit wem?«

»Nein«, sagt sie. »Unsere Kinder genießen große Freiheiten und unser volles Vertrauen.«

»Ich würde das Zimmer gerne sehen«, sage ich.

Liliane von Heesen geht Richtung Flur.

»Kommen Sie, bitte.«

Ich stapfe vorsichtig über den hellgrauen Teppich und
stelle fest, dass meine Stiefel Straßenspuren hinterlassen.
Ich hätte vielleicht um ein Paar Ballerinas bitten sollen.
Die Tür zu Larissas Zimmer ist nur angelehnt. Ich bleibe im Türrahmen stehen. Larissas Bett ist eine ver-
schnörkelte, weiße Eisengerätschaft. Mädchen stellen
sich ja gerne mal vor, wie sie sich an den zierlichen Git-
terstäben festhalten, während ihnen ein heißer Typ in
den Hals beißt. Ich weiß das, ich hab mir das auch mal
vorgestellt. Ist aber schon verdammt lange her. Ansonsten sieht die Bude aus, als hätte eine Bombe eingeschla-
gen, irgendwo unter all den BHs, Socken, Hosen, Pullis
und Haargummis am Fenster muss sich ein Schreibtisch
befinden. Links neben dem Berg steht ein weißes Regal.
Kaum Bücher drin. Mehr so Schickschnack. Ein Ker-
zenständer. Ein alter Teddy. Ein paar bunte Kisten.
Larissas Zimmer ist ein ordentliches Stück kleiner als
das von Yannick. Dafür ist das Fenster eine Balkontür,
und der Balkon dahinter ist schon eher eine Terrasse.
Ich lasse meinen Blick noch mal durchs Zimmer gleiten. Hier gibt's nichts Wichtiges für mich.
»Ich danke Ihnen«, sage ich zu Liliane von Heesen.
»Wir finden Ihren Sohn, machen Sie sich bitte nicht
allzu große Sorgen.«
Sie steht neben mir im Türrahmen und schaut zu Bo-
den. Verdammt, sie fängt gleich wieder an zu weinen.
»Danke«, sage ich noch mal, »ich finde alleine raus.«
Und dann sehe ich zu, dass ich schnell zurück auf die
Straße komme.

Draußen, irgendwo zwischen Wohler Allee und Thadenstraße, rufe ich den Inceman an.
»Na so was«, sagt er.
»Ich brauche deine Hilfe«, sage ich.
»Aha. Wie kommt das denn?«
»Du musst ein bisschen was für mich rausfinden.«
»Warum ich?«
»Weil ich offiziell Urlaub habe. Weil ich nur die Staatsanwältin bin und ihr die coole Kripo seid. Und weil ich glaube, dass der Calabretta keine Lust hat, mir bei dieser Sache zu helfen.«
»Okay«, sagt er. »Worum geht's?«

Ich kann mich nicht mehr an den Tag erinnern, an dem sie uns verlassen hat. Und mein Vater hat nie darüber geredet. Aber ich wusste immer, dass er vorher ein anderer gewesen sein muss. Ich spürte seinen Schmerz, sein ganzes restliches Leben lang. Und unter meiner monströsen Trauer um ihn war ich fast ein bisschen erleichtert, als es vorbei war, als er nicht mehr leiden musste. Wie bei jemandem, der sehr krank war und dann endlich sterben durfte.
Und dann ist sie plötzlich wieder da, nach fast vierzig Jahren ist ihr ihre Tochter wieder eingefallen. Jetzt eiert sie da oben durch meine Wohnung wie ein böser Geist. Mir ist, als hätte ich den Schmerz meines

Vaters geerbt. Ich könnte sie umbringen, so weh tut es.
Ich will sie nicht sehen. Ich mache mich auf den Weg in die *Blaue Nacht*.

Auf der Mütze von Hans Albers liegt Schnee. Die eine Hand hat er an die Stirn gelegt, wie ein Käpt'n auf hoher See. In der anderen Hand hat er sein Schifferklavier, er hält es ganz locker nur an einer Schlaufe, es hängt bis zum Sockel der Statue. Sein Blick geht Richtung Reeperbahn. Ich mag die gesichtslose Statue. Die nordet einen jedes Mal ein, wenn man diesen Platz hier betritt. Du bist in Hamburg auf Sankt Pauli, Kollege, vergiss das nicht.
Mit der *Blauen Nacht* verhält sich das ganz ähnlich. Schon von außen sieht man sofort, was sie ist. Die hundertmal lackierte rote Eisenfassade, das blaue Leuchtschild mit dem Namenszug, das über der Tür hängt, das warme Licht, das von drinnen durch die Fenster fällt, das alles schickt ein Gefühl, eine Botschaft, und die geht mitten ins Herz: Spelunke. Bunte Mädchen. Schwere Geschichten. Stabiler Tresen. Heftige Erschütterungen. Legendäre Niederlagen. Im Fußball und in der Liebe. Überraschende, den ganzen Stadtteil betörende Siege. Im Fußball und in der Liebe. Starke Getränke. Leichtes Leben. Immer wieder

abends. Zum Mond, zum Sonnenuntergang. Zur Nachtstreife.

So fühlt sich das an, wenn man vor Klatsches und Roccos Bar steht und einfach gar nicht anders kann, als reinzugehen. Das haben die beiden schon schlau gemacht. Die Eindeutigkeit dieses alten Lebewesens noch mal richtig rausgeputzt. Die haben sich da so eine Art Symbol an Land gezogen. Ja, denn Sankt Pauli ist genau wie die *Blaue Nacht* und die Hans-Albers-Statue: eindeutig. Das hat inzwischen sogar auf mich abgefärbt. Früher, als ich hierherkam, hatte ich ein Pokerface. Niemand konnte mir etwas ansehen, nie. Jetzt ist das anders. Jeder, der mir ins Gesicht schaut, sieht sofort, was los ist. Ich bin da nicht anders als die anderen Sanktpaulianer.

Ich mache die Tür auf.

Rocco ist da. Er steht hinter der Theke und bestreicht Brezeln mit frischer Butter. An der Theke sitzt der Faller. Herrlich.

»Moin, die Herren«, sage ich.

»Moin, du alte Staatskanone«, sagt Rocco, stürzt hinterm Tresen hervor und umarmt mich. Manchmal ist er mir ein bisschen zu überschwenglich.

»'tschuldigung«, sagt er, lässt mich los und grinst. Er weiß ja genau, dass ich solche schnellen Umarmungen nicht mag. Dass er's trotzdem macht, mag ich dann wieder. Er trägt heute seine abgewetzten braunen Schlangenlederstiefel, die eigentlich zu seinem Sommerlook gehören. Es liegt so viel Schnee wie nie in Hamburg. Irgendwie spinnt der auch total.

»Na, mein Mädchen?«, sagt der Faller.

Ich setze mich auf den Hocker neben ihm. Rocco macht zwei Brezeln fertig, legt sie auf Teller und schiebt sie zu uns rüber.

»Probiert mal«, sagt er.

»Butterbrezeln«, sage ich. »Und?«

»Probier mal!«

Ich beiße in die Brezel, die sehr weich ist und trotzdem konsistent. Zusammen mit der leicht gesalzenen, nach frischer Wiese riechenden Butter ist das eine Sensation.

»Boah«, sage ich.

Der Faller kaut und nickt.

»Was ist das?«, frage ich.

»Schleswig-Holstein«, sagt Rocco. »So schmeckt Schleswig-Holstein.«

Ich verstehe nicht ganz.

»Ich war da heute auf einem Bauernhof, bei Freunden von mir. Die backen neuerdings Brot und eben auch diese geilen Brezeln. Und sie machen Butter.«

»Hammer«, sagt der Faller, bricht ein großes Stück von seiner Brezel ab und steckt es in den Mund.

»Eine gute Butterbrezel kann Leben retten«, sagt Rocco, »richtig?«

»Richtig«, sage ich, der Faller nickt.

»Wir werden das Angebot der *Blauen Nacht* erweitern«, sagt Rocco. »Neben Alkohol und Zigaretten gibt's jetzt auch eine Speisekarte, und auf der stehen Butterbrezeln. Ich will das Zeug aus Schleswig-Holstein importieren. Ich muss nur noch Klatsche beipulen, dass wir das machen. Helft ihr mir?«

Wir nicken.
Ich bin ja selten hingerissen von irgendwas zu essen. Aber gerade klappt's. Die Brezel hat mich.
Und als fünf Minuten später Klatsche reinkommt, sagt der Faller:
»Wir brauchen mehr Butterbrezeln in Hamburg.«
»Was brauchen wir?«, fragt Klatsche, stellt sich neben mich, legt mir den Arm um die Schultern und küsst mir den Scheitel.
»Hier«, sagt Rocco und hält ihm seine frisch bestrichene Wunderwaffe hin.
Klatsche kaut und spitzt die Augen und kaut und fängt an zu strahlen.
»Astreiner Stoff. Warum gibt's so was bei uns nicht?«

Gegen Mitternacht, als der Faller längst bei seiner Frau und seinen Rosen ist, als alle Gäste in der *Blauen Nacht* einmal mit allem durch sind, als so langsam der Schichtwechsel kommt, als die Bar immer privater wird und sich von einem öffentlichen Ort ins Wohnzimmer unserer kleinen Gruppe verwandelt, als nur noch so vier, fünf Stammgäste da sind, die zufrieden schimmernd am Tresen sitzen und leise reden, als Klatsche schon mal anfängt, ein paar Gläser zu polieren, schieben Rocco und Carla in der linken hinteren Ecke die Tische und Stühle zur Seite und fangen an, Tango zu tanzen.

Hinter der Theke steht ein großes dunkelbraunes Holzregal für die Flaschen, das Ding ist alt und fest und stabil. Ich sitze auf einer Kante der Arbeitsplatte und hab meine Füße auf der Fensterbank. Vorm Fenster blinken verschwommen ein paar Lichterketten durch den Schnee, sie hängen in den Fenstern gegenüber und sollen Kunden anlocken. Die Damen von der Herbertstraße haben das ganze Jahr über die Weihnachtsdekoration angelegt.

Ich sehe Carla und Rocco zu, wie sie sich aneinandergeklebt über den knarzigen Holzboden strecken. Das sieht wieder toll aus. Carla, in ihrem knielangen schwarzen Kleid, gerade weit genug, damit sie so eben reinpasst. Die schwarzen Stiefel, die dunklen, kinnlangen Locken. Rocco in weißem Hemd, dunkelgrauer Nadelstreifenhose und diese verrückten Schlangendinger an seinen Füßen. Carla um ihn herumgewickelt. Als wäre sie sein Ganzkörperschal. Oder ein dunkler Schwan. Und dann: hin und her und biegen. Und hin und her und biegen. Die Musik, zu der sie tanzen, ist so bescheuert wie grandios. Finnischer Tango, auf Deutsch gesungen, krächzender Grammophonsound. Da stimmt gar nichts mehr und alles. Das produziert eine Stimmlage hier in der Hütte, da möchte man sich reinlegen.

Die Tür geht auf, die Nacht drückt erst ein bisschen Schnee herein, dann meinen italienischen Kollegen. Der Calabretta sieht aus, als hätten sie ihm das Pferd erschossen. Er zieht seine Jacke aus, setzt sich an die Theke, mir gegenüber. Seine grau-weiß-blaue Forza-

Napoli-Mütze lässt er auf. Sagt nicht hallo und gar nichts.

Ich rutsche von meiner Kante, drücke mich an der massiven alten Theke vorbei und setze mich neben ihn. Klatsche holt eine Flasche Astra aus dem Kühlschrank und stellt sie dem Calabretta vor die Nase. Er nickt und fängt sofort an zu trinken.

»Was ist passiert?«, frage ich.

Er holt tief Luft. Nimmt noch einen Schluck.

»Wir haben doch diesen V-Mann auf dem Kiez«, sagt er. »Den Mann, den wir ins Umfeld vom Albaner gesetzt haben.«

Oje. Ich kann's mir fast denken.

»Wir haben den Kontakt verloren«, sagt er.

»Seit wann?«

»Seit gestern«, sagt er. »Wir wollten uns Heiligabend treffen, spät in der Nacht, in einem Park in Eimsbüttel. Er ist nicht gekommen. Und er meldet sich nicht.«

»Warum sagen Sie mir das erst jetzt?«

»Sie haben Urlaub, Chef.«

»Scheiß auf Urlaub«, sage ich und trete mit dem Fuß gegen die Theke.

»Hey«, sagt Klatsche, »bisschen vorsichtig, ja?«

Ich sehe ihn an. Entschuldigung, war nicht so gemeint.

»Haben Sie schon mal versucht, ihn anzurufen?«, frage ich den Calabretta.

Das macht man ja eigentlich nicht, aber in so einer Situation ...

»Hab ich«, sagt der Calabretta. »Mit zittrigen Händen. Es hat geklingelt, aber er ist nicht rangegangen.

Das ist kein gutes Zeichen. Er geht ran, oder das Ding ist aus, so war unsere Abmachung.«

Er nimmt einen großen Schluck Bier, dann stellt er die Flasche ab und stützt den Kopf in beide Hände.

»Das ist überhaupt kein gutes Zeichen.«

Kann sein, dass er nicht mehr zu uns gehört. Kann aber auch sein, dass er aufgeflogen ist.

26. DEZEMBER:
Snake Plissken

Es ist ein bisschen unglücklich: Als der Inceman anruft, liege ich noch in Klatsches Bett.
Ich bin bestimmt einmal am Tag in Versuchung, die Karten auf den Tisch zu packen. Klatsche einfach zu sagen, dass ich vor nicht allzu langer Zeit mit meinem türkischen Kollegen eine Nacht verbracht habe. Und es ist ein schreckliches Gefühl, es nicht zu sagen. So ein unehrliches Ding zwischen uns, das passt nicht. Aber es würde ihm unnötig weh tun, wenn er es wüsste. Er hätte ja auch nichts davon. Ich wäre halt mein schlechtes Gewissen los. Seltsam, wir messen da mit zweierlei Maß. Klatsche hat mich schon so oft beschissen, und das geht im Prinzip in Ordnung. Ich bin häufig nicht erreichbar für ihn, emotional verschollen, in mir selbst eingemauert.
Wo soll er denn dann auch hin mit sich.

Aber wenn ich das mal tue, wenn ich zu jemand anderem ins Bett steige, hat es eine Menge mehr zu bedeuten. Ich mache das nicht einfach so. Das wissen wir beide.

Ich gehe lieber nicht ans Telefon. Ich lasse den Inceman hängen. Ich hoffe, dass Klatsche das jetzt nicht großartig gemerkt hat.

Er hat es gemerkt.

»Was sollte das denn? Du gehst doch sonst *immer* ans Telefon?«

»Ich mach mal Kaffee«, sage ich und stehe auf. Mein Telefon nehme ich mit.

Beim Kaffeemachen rufe ich den Inceman zurück. In Klatsches Küche kann ich ein Gespräch mit ihm verkraften, in Klatsches Bett nicht.

»Entschuldige«, sage ich und räuspere mich, als er rangeht. »Ich war gerade nicht schnell genug.«

»Kein Problem«, sagt er, und seine tiefe Samtstimme klingelt in meinem Bauch. »Ich hab mich mal ein bisschen schlaugemacht. Die von Heesens sind ziemlich erfolgreiche Unternehmer. Haben eine gar nicht mal so kleine Werbeagentur, die repräsentativ und obercool im alten Hochbunker an der Feldstraße sitzt. Sie arbeiten seit zwanzig Jahren für ausgesuchte Kunden aus Hamburg und Berlin. Das Haus in der Wohlers Allee haben sie vor zehn Jahren gekauft.«

»Danke«, sage ich.

»Darf ich jetzt noch erfahren, was du von den Leuten willst?«

»Ihr Sohn ist verschwunden«, sage ich. »Und ich glaube, dass das irgendwas mit den Obdachlosen zu tun hat, die seit ein paar Wochen im Karoviertel zu Brei gehauen werden.«

»Aha«, sagt er. »Was soll das denn damit zu tun haben?«

»Ich weiß es nicht genau. Ich weiß nur, dass Yannick von Heesen zuletzt im Karolinenviertel gesehen wurde. Und dass seine Schwester das ganz offensichtlich ziemlich nervös macht. Da liegt die Schnittmenge.«

»Aha«, sagt er noch mal. »Klingt ja interessant.«

»Der Calabretta findet's eher langweilig«, sage ich.

»Der Calabretta hat den Kopf voll«, sagt der Inceman. »Der ist angespannt. Da geht gerade was im großen Stil schief. Wenn er Pech hat, rutscht ihm der Albaner wieder durch die Lappen. Und könnte sein, dass uns das dann auch mehr gekostet hat als nur Geld.«

»Ich weiß«, sage ich. »Sieht nicht gut aus, oder?«

»Sieht überhaupt nicht gut aus«, sagt er. »Sieht eher richtig scheiße aus.«

Ich hasse meinen Urlaub.

»Steckst du da eigentlich gar nicht mit drin«, sage ich, »in der Albaner-Jagd?«

»Ich hab auch Urlaub«, sagt er, »schon seit zwei Wochen. Gar nicht mitgekriegt, hm?«

Oh. Ich sage nichts, es ist ein paar Sekunden Stille zwischen uns. Im Rest der Wohnung ist es auch still, Klatsche ist wohl wieder eingeschlafen.

»Und du gehst heute dann wahrscheinlich noch ein bisschen in der Wohlers Allee schnüffeln, oder?«

»Ja«, sage ich, »ich hab's ja nicht so mit Weihnachten.« Und ich hab's auch im Moment nicht so mit meiner Wohnung.

»Kann ich mitkommen?«
So was in der Art hab ich mir jetzt fast schon gedacht. Ich hätte wetten können, dass der Inceman auch nicht weiß, was er mit seinem Urlaub so anfangen soll.

Am Klingelschild steht *von Heesen*. Und obendrüber, das muss die Klingel fürs ausgebaute Dachgeschoss sein, da steht *Snake Plissken*. Ist mir gestern gar nicht aufgefallen, so schnell hatte Yannicks Mutter die Tür aufgerissen.
»Wer ist Snake Plissken?«
»Die Klapperschlange«, sagt der Inceman.
Ach ja.
»Worum geht's da noch mal genau?«, frage ich.
»Großstadtwestern mit Kurt Russell, Science-Fiction, frühe achtziger Jahre. Ganz Manhattan ist abgesperrt, gewalttätig und sich selbst überlassen. Und Snake Plissken ist der coolste Bad Guy von allen.«
»Was du alles weißt.«
»Ich vergesse nichts«, sagt er, und so wie er mich in diesem Augenblick ansieht, ist klar, dass er dabei nicht an die Klapperschlange denkt.
Es ist kurz vor vier, es dämmert schon ordentlich. Das Haus der Familie von Heesen ist ein Hamburger Bildungsbürgertraum. Hellblau gestrichener Jugendstil direkt am geschichtsträchtigen Wohlers Park, weißer

Stuck an der Fassade, das weitläufige Erdgeschoss, das Obergeschoss mit der kleinen Terrasse. Im Garten steht ein alter efeuumrankter Baum, der weiße Holzzaun gibt dem Grundstück etwas Skandinavisches. Ich schaue vorsichtig durchs Wohnzimmerfenster. Kann niemanden sehen, aber die Lichter sind an, die Kerzen am Weihnachtsbaum brennen, es ist wohl jemand da.

»Und Snake Plissken ist also verschwunden«, sagt der Inceman.

»Ja«, sage ich. »Snake Plissken und seine Cobrafreundin.«

»Haben die Kollegen die Telefone der beiden schon geortet?«

»Haben sie natürlich versucht«, sage ich, »aber da ist nichts zu machen. Die Telefone sind aus.«

»Nicht gut«, sagt der Inceman.

»Oder ganz besonders clever«, sage ich.

»Oder einfach nur der Akku alle«, sagt der Inceman. »Sollen wir klingeln?« Er macht Anstalten, seinen Dienstausweis zu zücken.

Ich schüttele den Kopf.

»Ich war da gestern schon drin«, sage ich. Ich wollte mir das hier nur noch mal ankucken. »Kennst du dich mit Computerspielen aus?«

»Geht so«, sagt er. »Mein Neffe hat eine Menge von dem Zeug zu Hause rumstehen. Was willst du denn wissen?«

»Metal Gear Solid«, sage ich, »was ist das?«

Er grinst und zeigt auf Yannicks Spezialklingelschild.

»Der Typ hier«, sagt er, »Snake Plissken, der ist das Vorbild für die Hauptfigur aus Metal Gear Solid. Ich weiß aber nicht genau, worum's da geht. Die Story ist wahrscheinlich anders als im Film. Hat unser Flüchtling das in seinem Zimmer stehen?«

»Ja«, sage ich, »und er ist da offensichtlich ganz gut dabei. Sagt seine Mutter.«

»Aha«, sagt der Inceman. »Ist jetzt nichts Besonderes. Das Ding ist Kulturgut unter Jungs. Ist auch nicht übermäßig brutal oder so, sonst dürfte mein Neffe so was nicht spielen, das weiß ich. Und der hat das natürlich.«

»Also kein Ego Shooter?«, frage ich.

»Kann man nicht so genau sagen. Das dürfte eher ein Stealth Shooter sein. Da ballert man nicht sinnlos alles weg. Da musst du viel durch die Gegend schleichen, clever sein und im entscheidenden Moment zuschlagen. Ist ein bisschen intelligenter als die ganz üblen Sachen. Aber natürlich senkt es wie alle Kampfspiele irgendwann die Hemmschwelle. Gehen wir was trinken?«

Ich sehe ihn an und ziehe die Augenbrauen zusammen.

Er hebt die Hände und sagt:

»Okay. Warum frage ich dich das überhaupt noch.«

Er dreht sich um und geht langsam Richtung Straße. Ich mache drei große Schritte und bin bei ihm.

»Los, gehen wir was trinken«, sage ich.

Ich sollte das nicht tun.

»Du traust dich?«, fragt er.

»Wenn du dich traust«, sage ich.

»Wo gehen wir hin?«

»Altona«, sage ich. Ich will Klatsche nicht begegnen. Ich fühle mich wie ein Betrüger, und das bin ich ja auch.

»Dann komm mal mit«, sagt er und bietet mir seinen Arm. Ich tue so, als hätte ich's nicht gesehen.

Wir gehen am Wohlers Park entlang, dem verwunschenen ehemaligen Friedhof. Im Sommer blühen hier die Rhododendren und Rosen. Jetzt liegt der Park unter einer dicken Schneeschicht. In seiner Schönheit, mit seinen zu Alleen gepflanzten Bäumen und im Schein der alten Laternen sieht er aus wie ein Garten im London des 19. Jahrhunderts. Der Schnee auf dem Gehsteig knirscht unter unseren Schritten, und als würde der Himmel darauf bestehen, uns zu verzaubern, fängt es in diesem Moment wieder an zu schneien.

»Warte mal«, sagt der Inceman und hält mich am Arm fest. »Hörst du das?«

Ich bleibe stehen und lausche. Stimmen. Junge Stimmen. Sie werden lauter, streiten sich. Dann wieder leiser. Die Stimmen kommen aus dem Wohlers Park.

Wir sehen uns kurz an, nicken uns zu und überqueren schnell die Straße. Wir laufen wieder ein Stück zurück und nehmen den kleinen, hinter Gestrüpp versteckten Seiteneingang zum Park. Der geschotterte Weg läuft direkt auf die Lichtung in der Mitte des Parks zu, und da sehen wir sie auch schon in der dumpfen Helligkeit, die der Schnee uns zur Verfügung stellt: ein paar Jugendliche. Drei Jungs und zwei Mädchen. Die Mädchen sitzen auf einer großen, gemauerten Grabplatte, die Jungs stehen davor. Jetzt reden gerade alle durcheinander, ich kann nichts verstehen. Aber ich erkenne Larissa. Sie trägt ihren Daunenparka und eine weiße Wollmütze. Sie wirkt immer noch ein bisschen nervös, aber im Kreise ihrer Freunde scheint sich das in Grenzen zu halten.

Ich ziehe den Inceman hinter einen Baum.

»Ich will zuhören«, flüstere ich.

»Dann müssen wir näher ran«, sagt er und deutet auf eine dicke Linde, die rechts von uns liegt, ein gutes Stück weiter vorne.

Keine Ahnung, wie wir da hinkommen sollen, ohne dass die uns sehen. Der Inceman nimmt mich am Ellbogen und zieht mich hinter irgendein struppiges, immergrünes Ding. Der Schnee schluckt unsere Schritte. Dann sind wir hinter dem nächsten Busch. Und dem nächsten. Komme mir vor wie beim Marine-Corps. Wir landen tatsächlich unerkannt hinter unserer Spionagelinde.

Das Mädchen, das neben Larissa sitzt, rutscht von der alten Grabplatte runter und fängt an, von einem Fuß auf den anderen zu treten. Sie hat viel zu wenig an. Einen Kapuzenpulli, darüber nur eine Steppweste mit Teddyfell am Kragen. Brüllend enge Jeans und dünne Turnschuhe. Auch an der Art, wie die junge Frau raucht, sieht man, dass sie friert. Rechts von den beiden Mädchen stehen zwei Jungs, ziemlich breitbeinig. Beide tragen Daunenjacken und Baseballkappen. Der eine hat die Hände tief in seinen Jackentaschen vergraben, der andere hält sich an einer Flasche fest, wahrschein-

lich Bier. Ihnen gegenüber steht einer, der einen Tick
älter ist, vielleicht zwei Jahre, er wird achtzehn oder
neunzehn sein. Er trägt einen dicken, wattierten Kapuzenpulli, seine Haare sind kurz, an den Seiten rasiert.
Während er redet, gestikuliert er drohend mit der rechten Hand. In der linken Hand hält er eine Zigarette.

»Das is' nur korrekt, dass ich jetzt hier sag, was ab-
geht. Ihr beiden Lauchköppe scheißt euch doch in die
Hosen.«

Die Lauchköppe maulen irgendwas, aber ich kann es
nicht verstehen.

»Und?«, faucht Larissa ihn an. »Was geht denn ab? Was
machen wir? Mann, mein Bruder ist verschwunden!«

Sie holt ihre rechte Hand aus der Jackentasche und
fängt an, Fingernägel zu kauen.

»Und meine Schwester, vergiss das nich', Püppi. Ich
will auch, dass die wieder auftaucht. Ich will auch,
dass denen nix passiert. Ich kann das regeln. Und deshalb bin ich hier jetzt der Chef.«

»Was kannst du regeln, Alter?«

Einer von den beiden Lauchköppen.

»Ich red mit den Pennern.«

»Was willste mit denen denn reden, Alter?«

Larissas Freundin wird ungeduldig, die friert einfach
wie Sau. Dass diese jungen Dinger auch immer nichts
anhaben.

»Na, ist doch ganz klar: Die Penner mucken auf. Die
ha'm das gecheckt, dass wir das sind. Das is' 'ne Botschaft, Schätzchen! Ich greif mir einen von den Typen
und schaff ihn in'n Bunker. Ich zeig ihm, was da Sache

is'. Und denn kriegt er die dicke Panik und fängt an zu sabbeln. Und dann sagt er uns, wo sie Yannick und Angel versteckt haben.«

Ich kucke den Inceman an und bewege lautlos meine Lippen: *Bunker.* Der Inceman hebt die linke Augenbraue und nickt. Notiert.

»Mir ist kalt«, sagt Larissa.

»Mir auch«, sagt ihre Freundin und zieht an ihrer Zigarette. »Ich frier mir'n zweites Loch in'n Po.«

»Hauen wir ab«, sagt der Lauchkopp ohne Bier.

Der mit Bier nickt.

»Wir sehen uns morgen, ihr Lurche«, sagt der neue Chef. »Und ich klär das mit den Pennern.«

Dazu kommst du nicht mehr, du Oberlurch, denke ich. Der Inceman und ich warten, bis die Jugendlichen abgezogen sind. Larissa und die beiden Daunenjackenjungs verlassen den Park durch den Seitenausgang in Richtung Wohlers Allee, Larissas Freundin und der neue Chef nehmen den Hauptausgang, der direkt nach Sankt Pauli führt.

Als es still geworden ist im Park, hole ich mein Telefon raus, rufe auf der Wache an und frage, wie die da gerade besetzt sind. Und ob sie zwei Beamten entbehren können.

»Reicht zur Not auch einer?«

Der diensthabende Kollege klingt ein bisschen genervt, aber nur ein bisschen. Er möchte, im Gegensatz zu mir, gerne nach Hause gehen.

»Einer reicht auch«, sage ich. Ich hab ja immerhin die Mordkommission dabei. Ich brauche nur noch ir-

gendwen Offizielles, irgendjemanden, der nicht gerade Urlaub hat. »Wir treffen uns in zehn Minuten an der Lerchenstraße«, sage ich.
»In Ordnung«, sagt der Kollege, und da nimmt der Inceman mir das Telefon weg und klappt es zu. Er greift nach meiner Hand und sieht mich an. Zwischen uns rieseln die Schneeflocken zu Boden.
»Hör auf«, sage ich. »Hör auf damit.«
Er lässt meine Hand los. »Gehen wir.«

Kriminalmeister Tschauner ist noch ein ganz junger Hüpfer. Das ist wunderbar, denn ihm ist es scheißegal, dass Weihnachten ist. Er ist heiß auf Ermittlungen und froh, rauszukommen. Er wollte unbedingt mit dem dunkelblauen Audi zum alten Hochbunker an der Feldstraße fahren. Ich halte das für ein bisschen übertrieben, ist ja nur zweimal ums Eck. Wir hätten locker zu Fuß gehen können. Aber bitte. Wenn's ihm Freude macht. Ich kann gerade noch verhindern, dass er das Blaulicht aufs Dach setzt. Manchmal habe ich das Gefühl, dass die Jungs nur deshalb zur Kripo gehen, für diese eine Bewegung: Arm aus dem Fenster, Lampe aufs Dach. Und dann ab dafür.
Er fährt mit Vollstoff am Bunker vor, der Audi rutscht ein bisschen auf dem gefrorenen Schnee, fast hätten wir einen parkenden Fiat gerammt.

»Bisschen unauffälliger, wenn's geht«, sage ich.

»Is' verdammt glatt hier«, sagt er, »da kann ich nun wirklich nichts für.«

Der Inceman räuspert sich. Was so viel heißt wie: Aufhören.

Wir steigen aus, Kriminalmeister Tschauner schießt aus der Hüfte mit dem elektronischen Autoschlüssel. Die Karre macht klack, und die Türen sind verschlossen, und das scheint ihm eine große Genugtuung zu verschaffen. Jungs und ihre Maschinen.

Der Inceman geht vor. Wir hinterher. Durch eine große Flügeltür aus rotgestrichenem Stahl und Sicherheitsglas. Bunker bleibt Bunker, da kann man einfach nichts dran drehen.

Wir stehen alle relativ ratlos im Erdgeschoss rum. Links ein Aufzug, rechts ein Aufzug, geradeaus ein verhalten glamouröser Gang mit ein paar eher leeren Schaufenstern an den Seiten.

»Rechter Aufzug«, sage ich, »ganz nach oben.«

»Und dann Etage für Etage durchs Treppenhaus runter«, sagt der Tschauner.

Der Inceman drückt den Knopf, die Aufzugtür geht auf. Wir gehen rein, fahren in den obersten Stock. Und sehen es erst, als wir wieder aussteigen. Der Inceman stellt sich in die Aufzugtür, damit sie offen bleibt. Der Tschauner und ich gehen in die Knie und sehen es uns genauer an. Eine winzige, getrocknete Spur auf der Aufzugschwelle. Da vergisst man schon mal zu wischen.

»Was meinen Sie, Tschauner?«

»Könnte durchaus Blut sein«, sagt er.

Ich stelle mich in die Aufzugtür und lasse den Inceman kucken.

»Ja«, sagt der Inceman, »könnte sein.«

Kriminalmeister Tschauner holt eine kleine Plastiktüte und ein Taschenmesser hervor. Er kratzt ein bisschen was von der Spur ab, verfrachtet es vorsichtig in die Tüte, klebt sie zu und lässt sie in der Jackentasche verschwinden. Das Taschenmesser wischt er an seiner Jeans ab. Wir lassen den Aufzug wieder fahren und machen uns durchs Treppenhaus auf den Weg nach unten.

So ein Bunker ist ja nicht gerade mein Lieblingsort. Da ist mir viel zu viel Beton um mich herum. Zu viel Beton, zu wenig Fenster, zu harter Zweck. Bunker werden in Kriegen gebaut, damit den Menschen die Bomben nicht direkt auf den Kopf fallen. Wenn sie Glück haben, kriegen sie einen Platz im Bunker. Wenn sie Pech haben, kriegen sie einen Platz auf dem Friedhof.

Ich kann nicht verstehen, wie die Leute es schaffen, hier drin zu arbeiten oder Konzerte zu geben oder sich Konzerte anzuhören. Mir ist es ein Rätsel, warum jemand überhaupt gerne in einen Bunker geht. Ich kriege in so einem Ding über kurz oder lang einen Zustand. Tod und Krieg im Kopf, und sonst nichts. Knüppeldicke Betonparanoia.

Ich schleiche hinter meinen Kollegen die Treppen runter und hoffe, dass sie nichts davon mitkriegen. Kriegen sie nicht, die sind nämlich auf der Jagd, das ist

117

eindeutig. Ihre Schultern und Hände sind unter Spannung, ihre Augen zusammengekniffen. Wären die beiden Füchse oder Wölfe oder Tiger, sie hätten jetzt alle Nackenhaare aufgestellt.

Sie pirschen über die Treppen.

Auf jedem Stockwerk gehen große, schwere Glastüren zu den Seiten ab, hinter den Türen liegen Agenturen, Ateliers, Computerfirmen, irgendwelche Büros.

In der zweiten Etage sagt der Inceman: »Stopp.«

Auf der linken Tür, einer Milchglastür, steht in eleganten, blassgoldenen Buchstaben: VON HEESEN. KOMMUNIKATION. Die Schrift ist sehr fein, man kann sie nur lesen, wenn man sich ein bisschen Mühe gibt. Edel.

Die Tür ist zu.

»Tschauner, haben Sie was zum Aufmachen dabei?«, frage ich.

»Ich hab die Staatsanwältin dabei«, sagt er und zückt seine Dienstwaffe. »Ist nicht Gefahr im Verzug?«

»Sind wir bei den Wilden Kerlen?«, frage ich.

»Wir können auch Herrn und Frau von Heesen anrufen und sie hierherbitten«, sagt der Inceman.

»Wir können uns auch vor Angst einpinkeln«, sagt der Tschauner und überhört einfach, dass der Inceman ihn anknurrt. »Und ich frage mich, ob wir den beiden trauen können. Nach allem, was Sie mir eben im Auto erzählt haben, hat das Söhnchen ja eventuell ordentlich Dreck am Stecken.«

»Okay«, sage ich, »ballern Sie das Schloss auf. Zur Not zahl ich die Reparatur.«

Wäre ich nicht mit dem Inceman hier, gäbe es noch eine dritte Option: Ich könnte Klatsche anrufen, den Mister Superschlüsseldienst. Mein ehemaliger Einbrecherkönig hätte das Türchen hier in zwei Sekunden auf. Aber das geht irgendwie nicht. Und wäre ja auch nicht weniger gegen die Vorschriften, eher mehr.

Der Inceman und ich treten ein Stück nach hinten, dann wummst und klackt und raucht es einmal, und dann ist die Tür auf.

»Gute Arbeit, Herr Kollege.« Der Inceman klopft ihm auf die Schultern.

Wir stehen in einer Art Vorraum, vor einer zweiten Glastür. Kein Milchglas diesmal, dahinter liegt gut sichtbar die Agentur der von Heesens. An den Wänden im Gang hängen Fotografien, die alle das Gleiche zeigen: einen Strand, das Meer, den Himmel. Immer wieder das gleiche Bild. Hier im Vorraum sind einfach nur weiße Wände. Und zwei Türen ohne Klinken. Da ist jeweils nur ein silberner Knauf. Die Glastür zur Agentur ist nicht abgeschlossen, der Tschauner ist schon auf dem Weg in die Büros.

»Hey, Tschauner!«, rufe ich. »Wir brauchen Sie hier noch mal.«

Der Inceman ist in die Hocke gegangen und inspiziert den Türspalt der rechten von den beiden Türen. Ich finde, diesmal ist es viel eindeutiger als auf der Liftschwelle. Kriminalmeister Tschauner macht, dass er herkommt, und ich wundere mich fast ein bisschen, dass er nicht die Knierutsche macht, um schnellstmöglich neben dem Inceman zu landen. Irgendwie niedlich, der Lütte. Er holt ein zweites Tütchen raus und sein Taschenmesser und fängt wieder an zu kratzen. Im Spurensicherstellen kriegt er eine glatte Eins von mir. Im Türenaufschießen auch.

Aber als die Tür offen ist, wünschte ich, wir hätten sie zugelassen.

Der Raum ist dunkel, es riecht nach Blut und nach Schweiß und nach Straße. Es riecht nach Schmerzen, und es riecht nach Gewalt.

»Taschenlampe?«, frage ich.

Kriminalmeister Tschauner greift in die Innentasche seiner Jacke, holt eine LED-Leuchte raus, macht sie an und leuchtet los.

Wir stehen im Türrahmen, und keiner sagt was.

Der Raum ist vielleicht drei mal drei Meter groß. An der Decke hängt ein kräftiger Haken, so ein Ding, an dem man einen Boxsack befestigen kann, einen richtig großen. Der Betonfußboden ist nur noch an einzelnen Stellen grau, auf dem Rest verteilen sich dunkelrote und rotbraune Flecken. In der hinteren Ecke des Raumes liegen ein paar bunte Abschleppseile, auch von ordentlichem Kaliber. Daneben stapeln sich Männerschuhe. Schwere, schmutzige, abgetretene Männerschuhe. Der Haufen sieht aus wie eine Jagdtrophäensammlung.

Keine Ahnung, wie lange wir da stehen, ohne uns zu rühren. Als wären wir an der Türschwelle festgetackert. Der Inceman fängt sich als Erster.

»Tschauner«, sagt er, »rufen Sie die Kollegen für die Spurensicherung, ja? Und dann gehen Sie zurück zur

Wache. Oder sonst irgendwohin, wo es hell und warm ist. Wir warten hier, bis alles geregelt ist.«
»Der Bruder von Angel Kober«, sage ich, und ich muss mich zusammenreißen, um sprechen zu können. »Den müssen wir hochnehmen. Kümmern Sie sich darum?«
Kriminalmeister Tschauner nickt. »Mach ich. Und die kleine von Heesen am besten gleich mit, oder?«
»Ja«, sage ich, »vielleicht kriegen Sie's sogar heute noch hin. Ich würde gerne verhindern, dass hier wieder jemand landet.«
»Und sonst?«, fragt der Tschauner.
»Hochfahren«, sage ich, »Yannick von Heesen und Angel Kober sind in ernster Gefahr. Wenn es so ist, wie die Jugendlichen glauben, dass es ist, wenn sich einer für das hier rächen will, sollten wir die beiden schnell finden.«
»Dachböden, Keller, leerstehende Häuser?«, fragt der Tschauner.
»Alles außer normalen Wohnungen«, sage ich. »Stellen Sie eine Truppe von ordentlicher Größe zusammen. Die sollen Sankt Pauli auf den Kopf stellen. Und hauen Sie eine Fahndungsmeldung an die Presse raus.«
Der Tschauner nickt. Er macht seine Taschenlampe aus, hebt die Hand und zischt ab. Der Inceman und ich sehen uns an.
»Der packt das«, sagt der Inceman, »der arbeitet das weg.«
Wir setzen uns ins Treppenhaus und warten auf die Kollegen mit der Technik.

»Die haben die Männer an den Füßen aufgehängt, oder?«

Wie Boxsäcke haben sie die an den Füßen aufgehängt.

Der Gedanke drückt mir Tränen in die Augen.

Der Inceman wischt sich mit der linken Hand übers Gesicht. In der rechten Hand hält er einen Gin Tonic. Wir sitzen in einer Eckbar in Altona, und wir haben kein Wort geredet, seit wir die Kollegen im Bunker zurückgelassen haben.

»Sieht fast so aus«, sagt er. »Ich frag mich, wie die das hingekriegt haben, die halben Braten. Von solchen Wichten lässt sich doch keiner einfach an einen Haken hängen, auch wenn er ein armseliger Obdachloser ist.«

Er nimmt einen großen Schluck, ich auch, dann sind die Gläser leer.

Er sagt: »Wir reden morgen weiter.«

Er sieht mich an.

Ich bin ja nicht doof. Ich wusste natürlich, dass das passiert. Mir war klar, dass er irgendwann seinen Magneten anschmeißt.

Und ich lasse ihn machen. Ziehen. An mir, an meinem Herzen, an meinem Leben. Ich halte mich an der Theke fest.

Er schüttelt den Kopf und lächelt.

»Du musst keine Angst vor mir haben«, sagt er, »ich will dir nichts tun, wirklich.«

Dann schiebt er seine Hand in meinen Nacken, zieht mich an sich, zieht mich von meinem nichtsnutzigen Barhocker, an dem ich eben noch so sicher klebte.

Meine Abwehr ist echt einen Scheißdreck wert und zerbröselt in Sekunden.
»Ich tu dir nichts«, sagt er noch mal.
Und tut es doch.

Ich schlafe nicht. Ich liege in seinen Armen, den einen hat er um meine Taille gelegt, den anderen um meine Schulter geschlungen. Sein Atem sitzt in meinem Nacken, ruhig und warm.
»Du bist das, was ich will«, hat er gesagt. »Du bist die Frau, nach der ich so lange gesucht habe. Und jetzt lass ich dich nicht mehr weg. Das kannst du vergessen, dass du hier noch mal wegkommst.«
Ich werde hier liegen und warten, bis es hell wird. Dann werde ich gehen.
Ich hab keinen Schimmer, wohin eigentlich.

27. DEZEMBER:
An die Liebe glauben ist gar nicht so einfach

Für mich ist es immer wieder ein Segen, dass Carla ihr Café schon morgens um acht aufschließt. Wenn ich zum Beispiel kurz nach dem Aufstehen vor einer Leiche gestanden habe. Wenn ich nachts über meine eigenen inneren Leichen gestolpert bin. Oder wenn ich mit einem Kollegen im Bett war, mit dem ich auf keinen Fall noch mal hätte ins Bett gehen sollen.
Gegen sieben hab ich mich beim Inceman rausgeschlichen, bin eine Weile hilflos durch Altona geschlingert, bis ich unten am Wasser gelandet bin. Am Dockland hab ich dann die Fähre genommen und bin zu den Landungsbrücken gefahren. War kein Mensch auf der Fähre. Nur der Käpt'n und ich. War genau richtig.
Jetzt stehe ich vor Carlas Tür, rauche Zigaretten und warte auf sie. Es ist fünf vor acht, da hinten kommt meine Freundin auch schon, sie biegt aus der Ram-

bachstraße in die Dietmar-Koel-Straße ein. Sie hat lustige Fellstiefeletten an den Füßen, einen Mantel mit Pelzkragen überm Kleid und einen dicken Wollschal um den Kopf gewickelt. Sie lächelt mich liebevoll an, als sie mich da vor ihrer Tür stehen sieht.

»Was ist passiert?«, fragt sie und legt mir die Hand auf die Wange.

Sie weiß, wenn ich so früh hier bin, brauche ich ein Rettungsboot, warum auch immer.

»Ich war letzte Nacht nicht zu Hause«, sage ich.

»Also, nach Hause kann ich ja sowieso nicht, weil da dieser Zombie aus Amerika rumhängt, aber ich war auch nicht bei Klatsche, da, wo ich eigentlich hingehöre …«

»Moment, der Reihe nach: Welcher Zombie?«

»Meine Mutter ist zu Besuch«, sage ich.

»Was? Und davon erzählst du mir nichts? Bist du irre? Seit wann ist sie da?«

»Seit Heiligabend, morgens«, sage ich.

»Wann haut sie wieder ab?«

»Keine Ahnung. Hoffentlich bald.«

»Warum hast du mir nicht gesagt, dass sie da ist?«

Carla nimmt mich in den Arm, ich bin steif wie eine Portion Stockfisch.

»Ich kann da irgendwie nicht drüber reden«, sage ich.

»Ich will einfach nur, dass sie wieder geht. Ich hab das Gefühl, wenn ich niemandem von ihr erzähle, ist sie auch nicht wirklich da. Dann sitzt sie vielleicht in meiner Wohnung, aber in mein Leben schafft sie's nicht. Ist das vollkommen bescheuert?«

Carla schüttelt den Kopf.
»Nein«, sagt sie, »das ist nicht bescheuert. Das ist wahrscheinlich ganz gut so.«
Sie fummelt eine Zigarette aus ihrer Manteltasche, macht sie an, steckt sie sich in den Mund.
»Und jetzt weiter: Wo warst du, wenn du nicht zu Hause und nicht bei Klatsche warst?«
Sie hat einen Tonfall in der Stimme, als würde sie mit einer Siebenjährigen reden, die was zu beichten hat, und ja, exakt so fühle ich mich auch.
»Ich war bei meinem Kollegen.«
Ich krieg's nicht so richtig über die Lippen. Ich krieg seinen Namen nicht über die Lippen. Als würde ich es dadurch noch ein bisschen rauszögern können. Als wäre es dadurch noch nicht passiert. Im Grunde mache ich es mit dem Inceman wie mit meiner Mutter: Ich mache Voodoo. Sprich es nicht aus, dann existiert es auch nicht. Es ist unglaublich albern.
»Du warst bei dem schicken Türken, oder?«
Ich kucke zu Boden, und sie zuckt mit den Schultern.
»Na ja. Beim Calabretta warste ja wohl nicht.«
Sie tritt sich die Stiefel ab und schließt auf.
»Jetzt komm erst mal rein.«
Ich fühle mich immer noch keinen Tag älter als siebeneinhalb.

Sie hat mir Kaffee gemacht, und dabei hat sie Hörnchen und Brioche gebacken und mir zugehört. Ich hab dann doch geredet, aber nicht viel, gibt ja auch nicht so besonders viel zu sagen. Nur, dass der Inceman mich nicht loslässt. Und dass ich das eigentlich gar nicht will. Weil Klatsche das Beste ist, was mir passieren konnte. Der lässt mich sein, wie ich bin. Der zieht nicht an mir.

Der Inceman zieht. Der hat was vor mit mir. Und genau das macht mich verrückt. So und so. Ich liebe es, und ich hasse es.

Carla hat gesagt, ich soll's auf mich zukommen lassen.

Die ist gut, echt.

Ich bin dann direkt in die Wache an der Lerchenstraße, der Tschauner hat Patric Kober und Larissa von Heesen noch gestern Abend vorläufig festnehmen lassen. Larissas Eltern haben natürlich ein Riesentheater gemacht und uns sofort einen Anwalt auf den Hals gehetzt. Die Kleine durfte heute Morgen gehen, ohne dass es zu einer ordentlichen Vernehmung kommen konnte.

»Keine Bange«, sagt der Tschauner, »die Göre kauf ich mir schon noch. Soll sie doch ruhig mit ihrem Anwalt hier angestiefelt kommen, da hab ich kein Problem mit.«

Ich mag den Tschauner.

»Und Patric Kober?«

»Kriegt's Maul nicht auf«, sagt er.

»Anwalt?«

»Will keinen.«

»Eltern?«

»Die hat das kaum gejuckt, dass wir ihn mitgenommen haben«, sagt der Tschauner. »Und gerade der Mutter schien es auch völlig egal zu sein, dass ihre Tochter verschwunden ist. Der Vater ist ein bisschen unruhiger, was das Mädchen angeht. Aber so richtig ficht die das beide nicht an.«

»Wie war das denn so bei den Kobers zu Hause?«, frage ich.

»Schlimm«, sagt er. »Drei Zimmer Sozialbau im Schmidt-Rottluff-Weg eben, und zwar vom Feinsten. Zwei kleine Jungs vor der Glotze, um neun Uhr abends. Sah so aus, als würden die da auch schlafen, zusammen mit zwei Hunden. Die Mutter war besoffen, der Vater so ein dünner Hering, der sich gegen nichts wehrt.«

Er kuckt mich an.

»Die haben sich nicht mal von ihrem Sohn verabschiedet.«

Ich hole meine Luckies raus und biete dem Tschauner eine an.

»Danke«, sagt er und klemmt sich die Zigarette in den Mundwinkel.

Ich nehme mir auch eine, zünde sie an und schiebe dem Tschauner das Feuerzeug über den Tisch. Er geht zum Fenster und macht es auf, bevor er sich die Zigarette anzündet. Wie vernünftig diese jungen Leute heutzutage sind.

»Was haben Sie jetzt vor?«, frage ich ihn.

»Ich bestelle die kleine von Heesen noch mal in aller

Höflichkeit hierher. Und Patric Kober versuche ich weiter weichzuklopfen.«

»Brauchen Sie noch Unterstützung? Die Kollegen haben fast alle frei, oder?«

»Das passt schon«, sagt er. »Wir haben rund dreißig Polizisten von den Hundertschaften aus dem Präsidium laufen. Die wühlen sich seit gestern Abend durch Sankt Pauli. Da sind wir gut aufgestellt. Das Problem ist nur, dass die Kollegen bisher nicht mal einen Schatten von Yannick oder Angel gesichtet haben. Sie sind aber schon in sämtlichen einschlägigen Nischen gewesen und haben alle Orte durchgekaut, an denen sich die Obdachlosen im Viertel so sammeln. Und so viele Möglichkeiten haben die doch auch nicht, zwei junge Leute zu verstecken.«

Er zieht an seiner Zigarette und versucht, erwachsen auszusehen. Das gelingt ihm so gut, dass ich jetzt weiß, wie der Tschauner in zwanzig Jahren daherkommen wird: aufgerauht, erledigt, gut.

»Wir gehen doch inzwischen stark davon aus, dass Yannick und Angel von einem ihrer ehemaligen Opfer gekapert worden sind, oder?«

»Richtig«, sage ich.

»Dann könnten ihnen ihre Gewaltexzesse echt ganz schön um die Ohren fliegen«, sagt der Tschauner. »Sieht nicht gut aus für die beiden.«

Wer Gewalt sät, kriegt irgendwann selber auf die Schnauze, so ist das nun mal im Leben.

Der junge Kollege streckt den Kopf aus dem Fenster und schaut in den Himmel.

»Oder die sind längst tot.«
»Das glaube ich nicht«, sage ich. »Irgendwie glaube ich das nicht. Schon mal einen obdachlosen Killer erlebt? Die haben für so was doch gar nicht die Kraft.«
Er atmet tief ein und wieder aus, holt sich ein bisschen Winterluft ins Gehirn.
»Wir müssen Patric und Larissa zum Reden bringen«, sagt er. »Und wir brauchen die anderen Jugendlichen. Wir müssen herausfinden, was genau die mit wem gemacht haben, und warum. Dann finden wir auch Yannick und Angel.«
»Ich mache mich noch mal auf den Weg ins Karolinenviertel«, sage ich. »Vielleicht grabe ich ja doch irgendwo noch einen aus, der mit mir redet. Rufen Sie mich an, wenn sich bei Patric Kober oder Larissa von Heesen was tut?«
Der Tschauner nickt und schmeißt seine Kippe aus dem Fenster. Ohne zu kucken, ob unten jemand langläuft. Na also. Geht doch.

Weihnachten ist vorbei. Heute ist der 27. Dezember. Die Läden haben alle wieder auf. Das Leben kehrt zurück in die Straßen, ein bisschen hier, ein bisschen da. Ich hab sie hinter mir, die besinnliche Stille. Die Pest der Liebe. Dem Christkind sei Dank.

Ich versuche mir vorzustellen, wie es gewesen sein könnte. Versuche, die Welt mit den Augen von Yannick und seinen Freunden zu sehen. Die Idylle im Karoviertel, die wie alle Idyllen aller Stadtviertel auf der Kippe zur Yuppie-Idylle ist. Die kleinen Flecken auf der Idylle. Hier ein Hippie ohne Dusche, da ein Bettler ohne Beine. Die Romakinder in ihren zu kleinen Winterjacken, die auf dem geschotterten Platz an der Grabenstraße im Schnee spielen. Die alten Recken, die auf den Bänken sitzen und wärmenden Schnaps trinken. Die Punks, die ihre *Egal Bar* beschützen. Wenn die Obdachlosen wegmussten, warum nicht auch jemand von den anderen, die das Bild verdrecken? Ging es vielleicht gar nicht darum, dass was wegmusste? Ging es nur um möglichst billige Opfer? Oder um was ganz anderes? Gab es irgendwelche Auswahlkriterien?

Ich setze mich auf eine schneefreie Treppe gegenüber dem kleinen Platz und beobachte ein paar Obdachlose bei ihrem Tagwerk. Sie schlurfen durch die Straßen, besorgen sich was zu trinken und besetzen ein paar Ecken. Tagsüber sind die immer in Grüppchen unterwegs. Da kann man nicht so einfach einen rausholen und in den Bunker verschleppen. Aber nachts. Da sind sie meistens alleine. Schlafen jeder für sich, zusammengerollt in einem Hauseingang. Als wäre es nachts besser so.

Es muss nachts passiert sein. Nachts ist es für Sankt Pauli relativ ruhig im Karolinenviertel. Außer der *Egal Bar* macht alles irgendwann zu. Nachts kann man hier schon unbeobachtet Scheiße bauen. Die Büroetagen im Bunker sind verwaist. Und die Eltern kriegen auch nichts mit davon, schlafen ja alle schön. Clevere kleine Monster. Vielleicht war es wirklich gar nicht schwer, hier geeignetes Prügelmaterial zu finden. Und vielleicht ging's wirklich vor allem ums Prügeln und um sonst nichts.

Aber wie, bitte schön, soll eigentlich ein einzelner Obdachloser zwei Jugendliche verschleppen? Der muss die schon bewusstlos gehauen haben. Oder die ehemaligen Opfer haben sich eben zusammengetan.

Und wo, zur Hölle, haben sie die beiden hingebracht? Ich lege meinen Kopf nach hinten, sehe zwei, drei, vier Möwen am verhangenen Himmel. Ich registriere eine kleine Helligkeit, die wohl der Januar schon mal vorgeschickt hat und die ankündigt, dass die dunkelste Zeit des Jahres bald vorbei ist, und dann arbeitet sich die komplizierteste Frau Hamburgs langsam durch die Marktstraße. Ich habe sie vor Jahren schon mal in der Innenstadt gesehen, ich wusste nicht, dass sie immer noch unterwegs ist. Wahrscheinlich ist sie seitdem genau bis hierhin vorangekommen. Sie lebt auf der Straße, hat im Gegensatz zu anderen Obdachlosen aber ihren kompletten Hausstand dabei. Sie tuckert in Begleitung von sieben alten Kinderwägen durch die Stadt, alle bis zum Anschlag gefüllt mit Krempel. Teilweise hat sie die Sachen in Tüten verpackt, das sind vermutlich ihre Klamotten. Viele Dinge stapelt sie aber auch einfach so auf den Wägen. Lampen, Kochtöpfe, Decken, Puppen, einen Spiegel, eine Gitarre, ein Paar Gummistiefel. Und so arbeitet sie sich die Straße entlang. Schiebt den ersten Wagen drei Meter, stellt ihn ab. Geht zurück zur Kolonne. Schiebt den zweiten Wagen drei Meter, stellt ihn ab. Geht zurück zur Kolonne. Schiebt den dritten Wagen drei Meter, stellt ihn ab. Geht zurück zur Kolonne. Das macht sie, bis alle sieben Wägen drei Meter weitergekommen sind. Dann fängt sie wieder von vorne an. Sie regelt ihre umständliche Aktion mit einer nervenzehrenden Ruhe und Gleichförmigkeit, als wäre es vollkommen selbstverständlich, sich so fortzubewegen.

Und ihr Look ist spektakulär: Sie ist relativ klein, aber die hochhackigen grünen Stiefel lassen sie ziemlich langbeinig erscheinen. Zu den Stiefeln trägt sie schwarze Wollstrumpfhosen, die mit Löchern und Laufmaschen übersät sind. Ihr enger Rock ist kurz und auch grün, das Material ist völlig undurchschaubar. Könnte Lkw-Plane sein, ich bin mir aber nicht sicher. Obenrum trägt sie eine Art Cape, es ist pink. Auf dem Kopf, über den schwarzen, zum wuschigen Knoten gebundenen Haaren, sitzt ein schwarzer Filzhut. Mit einer roten Stoffrose dran. Niemand könnte sagen, wie alt sie ungefähr ist.

Die Frau sieht eigentlich aus wie eine hochgejazzte Konzeptkünstlerin. Vielleicht schätze ich das alles ja auch völlig falsch ein, und sie ist tatsächlich eine.

Mein Telefon klingelt.

Der Zombie ist dran. Wo zum Teufel hat meine Mutter denn jetzt meine Nummer her? Ich hab sie nicht aus Versehen irgendwo rumliegen lassen.

»Ich fliege heute Nachmittag zurück in die Staaten«, sagt sie.
»Okay.«
»Wenn wir uns noch mal sehen wollen, solltest du langsam nach Hause kommen, Chastity.«
Nach Hause. Wie sie das sagt. Als wäre mein Zuhause auch ihr Zuhause. Ich lege auf und zünde mir eine Zigarette an.
Wenn ich heute Abend meine Wohnungstür aufschließe, wird sie nicht mehr da sein.
Ich rauche und beobachte weiter die Frau mit den Kinderwagen, wie sie sich Stück für Stück in Richtung des alten Schlachthofs arbeitet. Die hat solche Probleme nicht. Die hat andere.
Ich rufe den Calabretta an.
»Was macht unser vermisster V-Mann?«
»Wir haben nichts von ihm gehört«, sagt er. »Ich will heute Nacht mit den Kollegen Brückner und Schulle nach der Wohnung sehen, die wir für ihn auf dem Kiez gemietet haben. Vielleicht finden wir da irgendwas. In seiner Privatwohnung in Lokstedt ist er offensichtlich ewig nicht mehr gewesen. Die haben wir uns gestern angekuckt, da ist alles verwaist.«
Wir wissen beide, dass sich das ziemlich übel anhört.
»Was haben Sie sonst vor?«
»Nichts«, sagt der Calabretta, und ich höre das Zittern in seiner Stimme. »Wir können nur warten.«

Auf dem Weg nach Hause komme ich an der *Kleinen Pause* vorbei, und wie ich so darüber nachdenke, ob ich eigentlich Hunger habe oder nicht, sehe ich den Faller an der Theke sitzen. Er hat ein Glas Apfelsaft und einen abgegrasten Teller vor sich. Ich mache die Tür auf und gehe rein. Schön warm ist es hier.

»Na«, sage ich, »was gab's denn Feines?«

»Schaschlik«, sagt der Faller, und er freut sich richtig. »Hätten Sie einen Ton gesagt, dass Sie zum Essen kommen, ich hätte natürlich auf Sie gewartet, mein Mädchen.«

Ich rutsche neben dem Faller auf die Bank und bestelle eine Orangenlimonade und eine Portion Pommes.

»Geht klar, Süße«, sagt die Frau hinterm Tresen und zeigt auf den Faller. »Aber lass bloß die Finger von unserm Opi hier, sonst setzt's was.«

»Ich rühr ihn nicht an«, sage ich und hebe die Hände. Die liebevolle Beschimpfung der Gäste gehört zur Kernkompetenz der Damen, die in der *Kleinen Pause* arbeiten, und ich ziehe mir das immer wieder gerne rein.

»Ich nehm dann noch'n Kaffee und ein Snickers, bitte«, sagt der Faller.

»Yo, mein Dickerchen.«

Das Schöne hier ist, dass wirklich ausnahmslos alle beschimpft werden. Bis auf die Kinder. Die heißen einfach »Schatzilein«, kriegen Gummibärchen geschenkt und lieben die *Kleine Pause*. Das nenne ich mal eine ganz ausgeklügelte Kundenbindung.

»Und? Weihnachten überlebt?«

»Es war noch schlimmer als sonst«, sage ich.

»Wie das denn?«, fragt der Faller. »War der Weihnachtsmann persönlich da und hat Sie gequält?«

»Das war nicht nötig«, sage ich. »Das hat meine Mutter übernommen.«

»Ihre Mutter? Seit wann gibt's die denn? Lebt die nicht in den USA?«

»Sie wollte an Weihnachten nicht alleine sein. Ihr Mann ist gestorben.«

Der Faller zieht die Augenbrauen hoch.

»Spinnt die?«

»Ich war völlig überfordert, Faller. Sie stand an Heiligabend plötzlich vor der Tür und ist einfach dageblieben. Ich hatte die ganze Zeit das Gefühl, meine Nerven sterben ab, oder so was.«

»Wo ist sie jetzt?«, fragt er.

»Im Flieger nach Amerika«, sage ich.

»Gott sei's gelobt und getrommelt«, sagt der Faller. »Glauben Sie, dass sie noch mal auftaucht?«

»Nein«, sage ich. »Wenn sie nicht völlig amputiert ist, hat sie begriffen, dass sie das nicht tun sollte.«

Meine Limonade kommt, und dann kommen auch meine Pommes. Ich hab keinen Appetit. Aber der Faller achtet ganz genau darauf, dass ich auch schön aufesse.

Als wir draußen auf der Straße sind, hakt er sich bei mir unter, wir gehen die paar Schritte bis zu mir eng aneinandergedrückt. Hamburger Wintergang gegen schnittiges Wetter. Der Faller weiß immer, wann ich das nötig habe. Ich bin froh, dass ich ihm von meinem Besuchshorror erzählt habe. Es einfach niemandem zu sagen hat ja auch nicht geholfen. War keine gute Idee gewesen. Mal sehen, vielleicht lerne ich ja doch irgendwann mal was dazu.

Als wir auf Höhe des Paulinenplatzes sind und ich mich gerade frage, ob ich dem Faller eigentlich was von dem verschwundenen V-Mann sagen sollte, wo wir schon so in Sabbel-Laune sind, klingelt mein Telefon.

»Hallo?«

»Tschauner hier.«

»Hey, Tschauner«, sage ich. »Was gibt's? Redet Patric Kober jetzt doch?«

»Nein«, sagt er, »da dringt nichts nach außen. Aber die Gerichtsmedizin hat angerufen, wegen dem toten Obdachlosen.«

Ich bleibe stehen, der Faller lässt meinen Arm los.

»Und?«, frage ich.

»Der alte Mann ist nicht an den Schlägen gestorben«, sagt er, »er ist erfroren. Vermutlich lag er die Nacht über auf dieser Treppe.«

Erfroren. Wie kann es in einer so reichen Stadt eigentlich möglich sein, dass Menschen erfrieren?

»Und, was für uns wichtig sein könnte«, sagt der Tschauner, »er hat sich nicht gewehrt. Er hat sich prügeln lassen wie ein Sandsack. Hat wahrscheinlich nicht mal gezuckt.«

»So was gibt's doch gar nicht«, sage ich. »Da muss man schon vollkommen im Eimer sein, oder?«

»Richtig.«

»Wie hoch war denn der Alkoholgehalt im Blut?«, frage ich. Ich tippe auf Delirium tremens.

»Das ist sehr merkwürdig«, sagt der Tschauner. »Sein Pegel war für einen Schlucki relativ gering, eigentlich so gut wie gar nichts. Null Komma sechs Promille.«
Ist ja wirklich nicht viel. Vielleicht ein Bier. Zwei Bier für einen geübten Trinker. Davon erfriert man beim besten Willen nicht.
»Sonst was gefunden? Irgendwelche Drogen?«
»Nein«, sagt er, »rein gar nichts.«
Ich lege auf und sage zum Faller: »Das finde ich immer schlimm, wenn die Leute sich nicht wehren.«
Ich hole tief Luft, dann wird mir klar, wo mein Haken sitzt. Dass es mir gerade, genau jetzt, gar nicht um den toten Obdachlosen geht.
»Und am schlimmsten ist«, sage ich, »dass ich mich selbst auch nicht gewehrt hab. Ich Flachpfeife. Da krieg ich Besuch von meiner Zombiemutter, und was ist – ich wehre mich nicht für zehn Cent. Schlimm, Faller. Schlimm.«
Der Faller rückt meine Mütze zurecht und streicht mir über die Wange.
»Seien Sie nicht so streng mit sich selbst, mein Mädchen. Man muss gar nicht immer so streng mit sich sein.«
Ich drücke meine Wange ganz sachte gegen seine Hand, bin dankbar, dass es ihn gibt, und denke: Man muss sich auch nicht alles erzählen.
Ein an den Albaner verlorener V-Mann würde dem guten alten Faller nur wie ein Messer im Gehirn sitzen.

Als ich meine Wohnungstür aufschließe, knallt mir die Kerbe, die mir mein Leben geschlagen hat, mit voller Wucht ins Herz: Meine Mutter ist weg, und mein Vater ist tot.
Ich sollte Carla anrufen.
Ich sollte Klatsche anrufen.
Ich sollte schnell wieder raus hier und ziellos durch die Gegend rennen.
Ich sollte meine Wohnung ausräuchern.
Womit macht man das gleich? Mit Salbei, oder?
Ich lege mich auf den Wohnzimmerfußboden und starre an die Decke. Ich bin so allein, mir zerreißt es gleich den Bauch. Und Salbei hab ich auch nicht im Hause. Weil ich nie irgendwas im Haus hab.

Später am Abend, ich weiß nicht, wie lange ich da schon so auf dem Boden gelegen habe, ruft der Inceman an. Den Bauch hat es mir nicht zerrissen, aber meine sich generell eher in Einzelteilen durchs Leben bewegende Seele sitzt in den vier kalten Ecken des Zimmers und weigert sich, da wieder rauszukommen. Nein danke, keine Decken. Bloß keine Decken. Lohnt sich nicht. Die Kälte kommt von innen.
»Du hörst dich an, als wärst du gerade ohnmächtig gewesen«, sagt er.
Hm.

»Ist schon okay«, sage ich.
»Ich bin in zehn Minuten da.«
Ach.

Der Vollmond kriecht über die Dächer und taucht Sankt Pauli in Flutlicht. Im ersten Moment denke ich, dass wohl ein Fußballspiel sein muss, so hell glitzert der Schnee auf den alten Ziegeln und Antennen. Aber wir sind hier ja nicht auf der Insel. In England wird um diese Zeit gespielt, da ist der Fußball heiliger als Weihnachten. In Deutschland ist das natürlich nicht so.
Der Inceman hat sich einfach zu mir gelegt, in Jacke und Stiefeln, er hat es genauso gemacht wie ich. Er hat meine Seelenstücke aus den Ecken geklaubt und sie mir wieder reingestopft. Dann hat er mich geküsst, damit die Seele auch bleibt, wo sie ist. Und so liegen wir jetzt da. Ich in meinem Mantel, er in seiner schwarzen Daunenjacke, er hat mich fest im Arm, und wir sehen uns den erleuchteten Himmel an, und als Klatsche an meine Tür klopft, weiß ich, dass es jetzt so weit ist. Ich erkenne ihn am Klopfen. Und ich erkenne die Zeichen: Es ist Zeit, eine Entscheidung zu treffen. Ich schäle mich vom Boden, der Inceman setzt sich hin und lehnt sich mit dem Rücken an die Wand, und es dauert eine Ewigkeit, bis ich an der Tür bin, meine

Schritte wurden offensichtlich mit Spezialkleber am Holzfußboden festgeleimt.

»Hey«, sagt er, lehnt im Türrahmen.

Ich sage nichts, trete nur ein Stück zur Seite, damit er den Inceman an den Wand sitzen sehen kann.

»Wer ist das?«

Ich sehe ihn an. Erst kriege ich kein Wort heraus, dann die falschen: »Das mit uns, das war doch nie so richtig ernst, oder?«

»Das ist nicht wahr, Chastity.«

Er schüttelt den Kopf, senkt den Blick.

»Das ist totaler Blödsinn. Du spinnst.«

Ich weiß, dass es Blödsinn ist. Wir waren kein Spiel. Wir waren etwas Gutes. Aber das krieg ich jetzt nicht über die Lippen.

Und dann ist er auch schon in meiner Wohnung. Zwei, drei große, entschlossene Schritte, zack, was soll der Scheiß hier. Der Inceman steht schon mal auf, als wüsste er, was gleich kommt. Klatsche schnappt ihn am Kragen, zieht ihn dicht vor sein Gesicht und zischt: »Wenn du ihr weh tust, mach ich dich platt.«

Dann schmeißt er ihn gegen die Wand. Der Inceman lässt es mit sich geschehen. Ich kann in seinem Gesicht sehen, dass er Klatsches Schmerz kennt und dass es ihm leidtut.

Klatsche bleibt noch mal kurz bei mir stehen, bevor er meine Wohnung und mich und alles, was wir waren, hinter sich lässt. Seine grünen Augen funkeln.

»Du blöde Kuh«, sagt er. »Wann fängst du endlich mal an, an die Liebe zu glauben?«

142

28. DEZEMBER:
Knock-Out

»Die holen wir uns jetzt alle hierher«, sagt der Inceman.
Er sitzt an seinem Schreibtisch im Polizeipräsidium und klickt mit einem Kugelschreiber auf der Stuhllehne rum. Diklacke-diklacke-diklacke. Ich sitze ihm gegenüber auf dem Tisch. Wir haben Kaffeetassen in der Hand und seit jetzt keinen Urlaub mehr. Der Inceman war sowieso durch damit, und ich hab die Personaltante heute Morgen angerufen und ihr gesagt, dass sie sich gehackt legen kann. Der Tschauner hat gestern Abend noch Larissa von Heesen zum Reden gebracht, zumindest ein bisschen. Sie hat die Namen der anderen drei Jugendlichen rausgerückt. Leander Jansens Familie wohnt am Winklers Platz, Benjamin Westermann wohnt mit seinen Eltern und einer kleinen Schwester in der Bernstorffstraße. Katinka Ilicevic,

das ist die Freundin von Larissa, die im Wohlers Park so gefroren hat, wohnt mit ihrer Mutter in der Thadenstraße.

»Die knöpf ich mir vor, die kleinen Biester«, sagt der Inceman.

»Dafür bist du gar nicht zuständig.«

»Sag du mir, dass ich zuständig bin, und ich bin's.«

Das Klicken seines Kugelschreibers wird lauter.

»Wir müssen jetzt langsam mal eine Schippe drauflegen«, sagt er. »Die Kollegen durchsuchen inzwischen nicht mehr nur Sankt Pauli, sondern auch Teile von Altona und der Neustadt. Und keine Spur von Yannick und Angel. Das gibt's doch gar nicht. Die kleinen Arschlöcher können sich doch nicht in Luft aufgelöst haben.«

Wir sehen uns an. Ich versuche, nicht an gestern Abend zu denken. Ich frage mich, was wir jetzt sind, der Inceman und ich. Ich weiß überhaupt nichts.

Ihm scheint es da besserzugehen. Er scheint ziemlich genau zu wissen, was los ist: wir zwei nämlich. Hm.

Ich muss an Klatsche denken und sehe zum Fenster. Es hat wieder angefangen zu schneien. Heftig und von der Seite.

»Und ich will den Tschauner dabeihaben«, sagt er.

»Okay«, sage ich. »Ruf ihn an. Der freut sich.«

Er greift zum Telefon. Tschauner her, die restlichen drei Bandenmitglieder auch, und zwar dalli. Vielleicht ist es diese Entschlossenheit, dieses kompromisslose Jetztaberzack, was ich am Inceman so auf-

144

regend finde. Und was mich gleichzeitig total verunsichert.

»Los«, sagt er, als er aufgelegt hat, »wir suchen uns schon mal fünf schöne Zimmerchen für die Herrschaften.«

Larissa presst die Lippen aufeinander. Ich glaube nicht, dass wir aus der noch was rauskriegen. Die muss was wiedergutmachen. Hat ja ihre Freunde verpfiffen. Das war nicht so toll von ihr. Und jetzt tut sie so, als wäre sie Jeanne d'Arc. Kuckt gefasst zur Zimmerdecke, bisschen nasse Augen, versucht, nicht zu sehr mit den Füßen zu zappeln. Dafür muss ihre Unterlippe wieder dran glauben.

»Also«, sagt der Inceman und setzt sich zu ihr auf die Tischkante, »jetzt sag schon, Larissa.«

»Ist gar nicht so schwer«, sagt der Tschauner. Er steht hinter ihr und hat die Arme vorm Oberkörper verschränkt. »Erzähl uns einfach, was genau ihr gemacht habt.«

»Und schon lässt der Druck auf dem Herzen erstaunlich nach«, sagt der Inceman.

Unterlippe. Sonst nichts.

»Wir wissen doch sowieso Bescheid«, sagt der Tschauner. »Ihr sollt uns nur sagen, wie ihr die Männer in den Bunker gekriegt habt. Und wer deinen Bruder und seine Freundin geschnappt haben könnte.«

Außerdem will ich wissen, warum ihr das gemacht habt, ihr kleinen Nattern. Ich sitze auf der Fensterbank. Larissa soll mich sehen. Der Inceman glaubt, dass sie nur genügend Druck braucht, dann redet sie schon. Ich glaube das nicht. Ich glaube, von Larissa hören wir nichts mehr.
Sie kuckt von der Zimmerdecke weg und dem Inceman in die Augen. Sie hört auf, ihre Unterlippe zu bearbeiten. Sie wirkt plötzlich ganz ruhig. Hinter ihren Pupillen ist Beton angerührt.

Katinka Ilicevic weint. Weint und weint und weint. Ich weiß nicht genau, wen sie beweint. Die Männer, die sie und ihre Freunde gequält haben, oder sich selbst. Ich glaube, da ist sie sich auch nicht so sicher. Und sie weint vor allem, um meine beiden Kollegen aufzuweichen. Aber die sind hart wie die Bunkerwände und rücken keinen Millimeter von ihrer Spur ab.
»Sag uns, was ihr gemacht habt«, sagt der böse Türke.
»Im Knast ist's kalt ohne Decke«, sagt der böse Tschauner. »Und Decken kriegt nur, wer den Mund aufmacht.«
»Ich frag mich ja, ob deine Freundin Angel 'ne Decke hat«, sagt der böse Türke.
»Ich frag mich eher, ob sie noch lebt«, sagt der böse Tschauner.

Arschkrampen, die beiden.
Aber ihre internationale Härte bringt nichts. Katinka hat keine Kraft mehr zu reden. Sie hat alles rausgeweint.

Leander Jansen packt schneller aus, als der Tschauner und der Inceman Fragen stellen können. Er scheint schwer beeindruckt davon zu sein, dass er auf dem Polizeipräsidium in einem Vernehmungsraum sitzt.
»Yannick hat das Zeug besorgt«, sagt er. »Er hatte einen Typen auf dem Kiez, der das eimerweise vertickt.«
»Was vertickt? Welches Zeug?«, fragt der Tschauner.
»Liquid Ecstasy«, sagt Leander. »K.-o.-Tropfen.«
Aha. So ist das also gelaufen. Es hört sich so einfach an. War es wahrscheinlich auch. K.-o.-Tropfen. So ein Dreck. Und so leicht zu haben.
»Und dann?«, fragt der Inceman.
»Hat Yannick das in Ginflaschen gekippt, und dann hat er den Penner ausgesucht und es dem Penner zu trinken gegeben. Wenn der dann hinüber war, haben wir ihn in das Rad von Yannicks Ma geschafft.«
»In was für ein Rad kann man denn einen ausgewachsenen Mann schaffen?«, fragt der Inceman.
»Na, das ist so'n Ding mit so'ner Kiste vorne dran«, sagt Leander. »Da kann man Kinder und Bierkisten

mit rumfahren. Da gehen die Penner locker rein. Muss man nur'n bisschen zusammenfalten.«

Mir wird ganz schwummerig, wenn ich ihm so zuhöre. Der Tschauner wirft dem Inceman einen Blick zu und verlässt das Zimmer. Vermutlich schickt der jetzt gleich zwei Kollegen los. Die sollen das Transportrad von Liliane von Heesen holen.

»Und dann?«

Der Inceman nimmt sich einen Stuhl, dreht die Lehne nach vorne und setzt sich Leander gegenüber. Der redet wie ein Wasserfall. Immer wieder verrückt, wenn so was passiert. Wenn einer einfach auspackt.

»Dann haben wir den Penner in den Bunker gefahren, zum Büro von Yannicks Eltern, und dann hat Yannick den am Haken festgebunden, und wir haben angefangen.«

»Womit angefangen?«

So langsam wird mir richtig schlecht.

»Sandsack halt«, sagt er. »Man kann da draufhauen wie auf einen Sandsack. Bis alles raus ist. Die Typen sind doch eh fertig mit der Welt. Die sind doch eh durch. Die merken das doch gar nicht mehr.«

»Aha«, sagt der Inceman. »Aber ihr habt schon gemerkt, dass das Menschen sind, oder?«

»Yannick hat die Penner dann zurück ins Karoviertel geschafft«, sagt Leander, als wäre das, was der Inceman gerade gesagt hat, gar nicht bei ihm angekommen. »Der hat die da wieder ausgekippt und das Rad von seiner Ma zurückgebracht.«

»Yannicks Mutter hat das nie gemerkt, dass ihr ständig mit ihrem Rad unterwegs wart?«, frage ich.
»Die hat das kaum noch benutzt, seit Yannick und Larissa groß sind«, sagt Leander. »Und Yannick hat es immer ordentlich wieder abgeschlossen, das war das Wichtigste.«
Das war also das Wichtigste. Dass Yannick das Rad wieder ordentlich abgeschlossen hat. Überhaupt scheint das alles nur von Yannick ausgegangen zu sein. Yannick hier, Yannick da. Ein bisschen viel Yannick, finde ich.
»Und du so?«, frage ich, und der Inceman kuckt mich an, und er weiß genau, was ich meine.
»Ich?«, fragt Leander. »Nichts, wieso?«
Mein Gott, der Junge hat ja echt ein Loch im Kopf.
»Welcher der Obdachlosen war denn stark genug?«, fragt der Inceman. »Wer von denen könnte denn in der Lage sein, sich an euch zu rächen?«
»Boah, keine Ahnung. Da müsst ihr echt Yannick fragen.«

Benjamin Westermann hält sich an die Vorgaben seiner Eltern: Warte, bis der Anwalt da ist. Vorher sagst du gar nichts. Muss er aber auch nicht mehr. Hat sein Kumpel Leander ja schon erledigt.
»Hast du keine Angst, dass Yannick und Angel was passiert?«, frage ich ihn.

Er zuckt mit den Schultern und spielt mit seiner Baseballkappe.
»Weißt du, dass einer von den Männern, die ihr verprügelt habt, gestorben ist?«
Er zuckt wieder mit den Schultern. Er kuckt mich an und fährt sich mit der Zunge über die oberen Schneidezähne.
»Snake Plissken, hm?«, sage ich.
Er kuckt zum Fenster raus.
»Findest du den auch so toll, Benjamin?«
Er grinst.
»Snake Plissken ist ein riesengroßer Scheißdreck«, sage ich.
Er kuckt mich an, er wird wieder ernst, er sieht für einen kurzen Moment so aus, als wolle er mir an die Gurgel springen.
Dann wartet er ganz in Ruhe weiter auf den Anwalt, den seine Eltern mit Blaulicht hierherbeordert haben.

»Interessiert doch eh keinen«, sagt Patric Kober und schiebt sein Kinn nach vorne. »Interessiert doch niemanden, was einer wie ich macht. Oder warum ich irgendwas mache.«
Er hängt auf seinem Stuhl. Seine Fäuste stecken in den Taschen seines Kapuzenpullis. Sie bearbeiten den Baumwollstoff von innen.

Der Inceman sitzt ihm gegenüber, der Tschauner lehnt an der Wand, ich sitze auf einem Hocker in der Ecke. Wir haben schnell gemerkt, dass wir Patric Kober lieber nichts fragen sollten. Den sollten wir einfach reden lassen. Da kommt schon ein bisschen was.

»Meine Schwester ist alles, was mir wichtig ist, kapiert ihr das? Für meine Schwester würd ich sterben, ey. Ihr müsst sie finden. Und dann müsst ihr die Sau einbuchten, die Angel entführt hat. Sonst mach ich euch fertig.«

Ach so.

»Ist das denn überhaupt sicher, dass Yannick und Angel entführt worden sind?«, fragt der Inceman zum Tschauner gewandt.

»Nö«, sagt der Tschauner, »sicher ist das nicht. Die könnten auch mit dem erstbesten Zug nach werweißwo abgehauen sein.«

»Angel haut nicht ab«, sagt Patric, und seine Fäuste drücken von innen an die Taschen seines Pullovers, als wollten sie ihn sprengen. »Ohne mich haut die nicht ab. Und schon gar nicht mit dem reichen Schnürsenkel.«

»Woher kennt ihr euch eigentlich alle?«, fragt der Inceman.

»Angel und der Schnürsenkel gehen auf die gleiche Schule«, sagt Patric.

»Du meinst Yannick von Heesen«, sagt der Tschauner.

Patric Kober nickt.

»Wieso nennst du ihn Schnürsenkel?«

»Weil er einer ist.«

151

»Und was glaubst du, wer will sich an dem Schnürsenkel rächen?«, fragt der Tschauner.
Patric Kober zuckt mit den Schultern.
Herrgott, irgendwas müssen die doch wissen.

Als der Inceman mit den Jugendlichen durch ist, veranlasst er noch schnell, dass ab jetzt eine Hundertschaft einen breiten Streifen nördlich der Elbe auf den Kopf stellt, von Hammerbrook bis Ottensen. Und dann bin ich an der Reihe. Der Herr Kommissar hat mich abgefangen, als ich mich aus dem Staub machen wollte.
»Schön hierbleiben«, hat er gesagt und mich an der Hand genommen. Und weil ich mich geweigert habe, im Flur mit ihm zu reden, hat er mich auf die Herrentoilette gezogen.
»Hier hört uns keiner«, sagt er, »wenn dir das so wichtig ist.«
»Du bist der, der reden will«, sage ich.
»Ich hab keine Lust auf dein Rumgeeier«, sagt er.
»Ich eiere nicht rum.«
»Doch«, sagt er, »du eierst. Du bist uneindeutig. Den ganzen Tag schon. Verkauf mich nicht für blöd, ich merke das.«
Er streicht mir mit der Hand eine Haarsträhne aus der Stirn.

»Du pfeifst deine Gefühle zurück. Du bist nicht mit diesem Jungen zusammen, oder nicht mehr mit diesem Jungen zusammen, keine Ahnung, du redest ja nicht. Aber mir hältst du auch in einer Tour Stoppschilder vor die Nase. Für so einen Scheiß bin ich zu alt. So einen Scheiß will ich nicht.«
»Was willst du dann?«
Er drückt mich gegen die gefliese Wand und küsst mich auf den Hals.
»Ich will, dass du meine Frau bist. Jetzt und sofort. Und nicht vielleicht.«
Ich schiebe ihn ein Stück weg von mir und sehe ihm in die Augen. Dein und mein und sofort und überhaupt. Da kann ich nicht so gut drauf.
»Da kann ich nicht drauf«, sage ich.
»Du redest wie die Kinder, die bis eben noch in unseren Vernehmungsräumen rumsaßen«, sagt er. »Du solltest nicht so reden. Du solltest selber Kinder haben.«
Er schmeißt mir seine Blicke entgegen, und die sind so dunkel, dass hier gleich die Neonröhren ausgehen.
Diese Blicke machen mich fertig.
Ich ziehe ihn zu mir ran, ich habe, zack, seinen Gürtel in der Hand, ich lasse mich von ihm gegen die Wand pressen, ich lasse mich von ihm hochheben, und dann geht's so schnell, dass dem Fliesenfußboden schwindelig wird.

»Ich kann keine Kinder kriegen«, sage ich, als ich mich wieder anziehe. »Also vergiss es.«
Er lehnt an der Wand, um seine Augen liegen tiefe, dunkle Schatten, er sieht eingefallen aus. Traurig. Er streicht sich mit der Hand eine schwarze Haarsträhne aus der Stirn und schüttelt den Kopf.
»Was machst du aus mir?«
Was weiß ich denn. Ich bin hier der Amateur.
Die Toilettentür fällt hinter mir ins Schloss, ich stehe wieder auf dem Flur, und ich fühl mich gar nicht gut. Als wäre ich an eine Achterbahn getackert und könnte nicht mehr aussteigen.

Ich sitze auf der Fensterbank und kucke nach unten, die Flasche hab ich fest in der Hand. Je mehr Wodka mir in den Hals läuft, desto ruhiger werde ich. Vor einer halben Stunde ist die Dämmerung über die Stadt gefallen, und solange die Straßenlaternen noch nicht ihre ganze Kraft entfalten, solange sie nur leicht glimmen, werfen die Lichter aus dem Kiosk gegenüber ein warmes, gelbes Licht aufs Kopfsteinpflaster. Der Schnee rieselt nur noch ganz leicht vom Himmel, ab und an spaziert jemand die Straße entlang. Die Gehsteige werden im Moment auf Sankt Pauli nicht so gerne benutzt, die sind zu glatt. Die befreit hier ja keiner vom Eis. Fühlt sich keiner zuständig. Und die Stadtreinigung schon gar nicht.

Ich trinke weiter und weiter und weiter und warte auf die Klarheit, die sich normalerweise mit der Ruhe einstellt. Aber die Klarheit kommt nicht. Es bleibt neblig in meinem Kopf.

Nebenan hat Klatsche die Ramones aufgelegt. Lauter geht's aber echt nicht mehr.

29. DEZEMBER:
Auf dem Dachboden deines Lebens

Patric kam zur Welt, als seine Mutter Susann siebzehn war. Vater unbekannt. Frank Kober heiratete Susann, als die gemeinsame Tochter unterwegs war, Angela. Nach ungefähr zehn Jahren kamen kurz hintereinander die beiden kleinen Jungs zur Welt. Die Schwangerschaften waren anstrengend, Susann war über dreißig, und sie war gewohnt, viel zu trinken, um über den Tag zu kommen. Susann Kober ist sich nicht sicher, wer die Väter der beiden sind, nur eins weiß sie: Ihr Mann Frank ist es nicht. Sie hält Frank für einen Schwächling. Der kann keine Söhne zeugen, hat nur ein Mädchen zustande gebracht. Und den einzigen Job, den er jemals hatte, hat er nach einem knappen Jahr wieder verloren. Er konnte sich nicht aufraffen hinzugehen, sich tagein, tagaus in dieses Lager zu stellen und Kisten zu wuchten. Das war ihm zu viel.

Die Wohnung im Schmidt-Rottluff-Weg bezahlt die Stadt. Frank Kober schläft auf dem Sofa in der Küche, da hat er seine Ruhe. Susann schläft mit ihrer Tochter im Schlafzimmer. Die kleinen Jungs schlafen im Wohnzimmer. Das passt schon, kucken ja eh nur fern. Was Patric in seinem Zimmer so macht, weiß keiner genau. Er schließt immer ab.
Sie müssten die Pizzakartons mal wieder wegbringen. Die Dosen auch.
Egal.

Katinka Ilicevic wurde in einem Dorf bei Zagreb geboren. Sie kam mit ihren Eltern nach Hamburg, als sie noch ein Baby war. Nach einem Jahr in Deutschland verließ ihr Vater Ivo Katinkas Mutter. Vesna dachte kurz darüber nach, mit ihrer Tochter zurück nach Kroatien zu gehen. Aber die Familie war vom Krieg in die ganze Welt geblasen worden. Vesna blieb also in der Zwei-Zimmer-Wohnung in der Thadenstraße, in der sie noch heute wohnt. Ihre Gedanken sind nie in Hamburg angekommen. Die klemmen in einem kroatischen Dorf. Katinka erzählt den Leuten manchmal, dass ihre Mutter tot ist. Oder einfach nur weg.
Weil es sich genau so anfühlt.

Dr. Gernot Jansens Hals-Nasen-Ohren-Praxis in Eppendorf läuft bestens. Die Großstädter haben alle Probleme mit den Atemwegen. Seine Frau Sybille hat ihren Beruf aufgegeben, als Leander geboren wurde. Keiner erinnert sich mehr daran, was sie eigentlich vorher gemacht hat. Leander erinnert sich auch nicht mehr daran, wie es war, als seine Mutter diese Tabletten noch nicht nehmen musste. Sie sagt, die Tabletten sind gegen ihre Migräne. Leander weiß, dass sie gegen ihn sind. Und dieses dauernde Gerede den ganzen Tag, dieses Gequatsche und Gesabbel und Geseier, das macht sie auch nur, damit sie ihn nicht hört. Damit sie gar nichts hört.

Die Eigentumswohnung am Winklers Platz, im Hochparterre eines efeubewachsenen Jugendstilhauses an der Ecke zur Otzenstraße, ist ein lichter Ort. Voller weißgestrichener Antiquitäten. Sybille Jansen ernährt sich ausschließlich von Rohkost und ihren Tabletten, und sie achtet immer darauf, dass frische Blumen auf den Fensterbänken stehen, am liebsten mag sie weiße Blumen. Die Wohnung ist so hell, dass man manchmal richtig geblendet ist.

Leander wird das Gefühl nicht los, dass er der einzige dunkle Fleck in der ganzen verdammten Bude ist.

Christiane und Arndt Westermann hatten das kleine Haus in der Bernstorffstraße schon lange im Auge gehabt, es war einfach perfekt. Mit dem Laden im Erdgeschoss, der Wohnung im ersten Stock und dem verwilderten Garten im Hinterhof. Vor sieben Jahren haben sie gekauft, ein halbes Jahr später, als alles saniert war, sind sie eingezogen. Der Laden für Tabak, Wein und Kaffee lief schon bald ziemlich gut, auch wenn er eher von Leuten aus dem Schanzenviertel frequentiert wird. Auf Sankt Pauli wächst die Klientel für edle Genussmittel erst langsam heran. Arndt Westermann wird nicht müde, das immer wieder allen zu erklären, auch denen, die es nicht hören wollen. Die Welt braucht Spitzenweine, ausgesuchte Kaffeebohnen und hervorragenden Tabak. Ohne kann man doch nicht vernünftig leben. Auch auf Sankt Pauli nicht.
Das Baby kam im letzten Frühling. Die Kleine war nicht geplant gewesen, die Westermanns hatten mit dem Kinderthema eigentlich abgeschlossen, freuten sich dann aber wahnsinnig.
Und, was noch? Wer? Benjamin? Ach, der.

Liliane und Caspar von Heesen haben sich irgendwie aus den Augen verloren, im Laufe der Jahre. Erst die Agentur aufgebaut, dann die Kinder, jetzt noch all die Schulden abzahlen, das schöne alte Haus in der Woh-

lers Allee frisst ja leider jeden Cent. Und dann hatten sie sich plötzlich nichts mehr zu sagen. Das war schrecklich. Liliane wollte nicht einfach mit ansehen, wie ihre Ehe dahinsiechte. Sie fing an, etwas dagegen zu unternehmen. Paartherapie am Montag, Einzeltherapien am Dienstag, Tangokurs am Mittwoch, Frauenabend und Männerabend am Donnerstag, Essen nur mit Caspar am Freitag. Und sie achtete sehr auf sich. Maniküre, Pediküre, Ayurveda-Massagen, Yoga, Friseur.
Die Kinder haben die beiden schönen Zimmer im Obergeschoss, mit der Terrasse.
Die Firma muss ja auch weiterlaufen.
Dass sich die Kinder in der Firma eine Prügelkammer eingerichtet haben, das kann Liliane einfach nicht glauben. Das kann nicht sein.
Das muss ihr erst einer beweisen.
Fingerabdrücke? Von den Jugendlichen in der Kammer? Blut in ihrem Transportrad?
Also, nein. Papperlapapp. Da versucht jemand, den Kindern was anzuhängen.
Es gibt so viele schlimme Leute.
Wenn nur Larissa nicht immer derartig nervös wäre. Aber das ist wirklich das Einzige.

Ich hab nicht geschlafen. Lag vielleicht am Wodka. Macht erst ruhig, dann nervös. Da muss man sich ja nur mal die Russen ankucken, die morgens immer durch unser Viertel marodieren, bevor sie irgendwann gegen Mittag in die S-Bahn nach Allermöhe steigen. Die sind immer total aufgekratzt. Manche behaupten ja auch, Wodka sei nicht viel mehr als Koks für Arme. Ich sehe das anders, Wodka ist im Grunde der einzige akzeptable Alkohol, aber egal. Ich hab nicht geschlafen. Vielleicht sollte ich irgendwann mal aufhören mit der Trinkerei. Erst mal werde ich heute meine Wohnung ausräuchern. Kann nicht schaden. Es ist acht Uhr, der türkische Gemüsehändler am Eck müsste gerade aufgemacht haben. Ich bin auf dem Weg, als erst der Schnee knirscht und dann der dunkelblaue Alfa Romeo vom Calabretta neben mir hält. Er lässt das Fenster runter.

»Steigen Sie ein, Chef.«

»Wo wollen Sie hin?«, frage ich.

»Talstraße«, sagt er. Seine olivfarbene Haut hat einen kalkigen Ton angenommen. Als wäre er über Nacht versteinert worden. »Steigen Sie schon ein, ich brauche Sie.«

Ich steige ein, mache die Tür zu und sehe ihn von der Seite an, wie er an der Ecke zur Paul-Roosen-Straße das Blaulicht und die Sirene anmacht, wie er an der Talstraße in die Einbahnstraße einbiegt und sie hochfährt. Wie er über die Simon-von-Utrecht-Straße brettert, ohne zu kucken. Seine Kiefer sind gespannt wie die Flitzebögen.

»Der hätte uns jetzt aber fast erwischt«, sage ich und schaue einem roten Ford Transit nach, der locker achtzig Sachen fährt.

Der Calabretta hält an. Vor uns zwei Streifenwagen und ein paar Kollegen in dunkelblauer Hundertschaft-Uniform. Auflauf.

»Okay«, sage ich, »was ist passiert?«

Und ich ahne es schon.

»Wahrscheinlich hängt da oben auf dem Dachboden unser V-Mann«, sagt der Calabretta. Er reibt sich mit Daumen und Zeigefinger die Augen und holt tief Luft. »Ein paar von den Kollegen, die für Sie und den Inceman die Stadt durchsuchen, haben ihn gefunden«, sagt er. »Der Inceman hat vor einer halben Stunde den Anruf gekriegt und uns informiert.«

Hinter uns halten zwei weitere Autos. Ein schwarzer Mercedes, der Dienstwagen vom Inceman. Und der alte weiße Saab vom Brückner. Alle Mann steigen aus, der Brückner hat den Schulle dabei. Mir wird ein bisschen schlecht im Herzen, als ich den Inceman im Rückspiegel sehe. Und dann noch dieser Dachboden, der uns gleich droht. Puh ha.

»Na dann«, sage ich und lege dem Calabretta die Hand auf die Schulter. »Dann wollen wir mal.«

Er nickt.

»Dann wollen wir mal.«

Die Kollegen gehen vor, der Calabretta und ich hinterher, keiner sagt was, die uniformierten Polizisten nicken nur, als sie uns sehen. Es ist ein Haus wie so viele Häuser hier im südlichen Teil der Talstraße: wuchtiger, vielgeschossiger, grauer Jugendstil, der sehr schön sein könnte, aber allein dadurch, dass das hier die Talstraße ist, bedrohlich wirkt. Die Talstraße ist ein schwieriger Ort. Die Talstraße lässt die Menschen nie einfach durch. Die Talstraße stellt sich ihnen entgegen. Eigentlich sind Straßen mit vielen Schwulenbars immer freundlich und bunt. Die Talstraße ist es nicht.

Wir arbeiten uns durchs Treppenhaus nach oben. Ab und zu kommt uns ein Beamter aus der Hundertschaft entgegen. Sonst ist hier niemand. Das Haus steht leer, das Treppenhaus ist ein Taubenschlag. Wird bestimmt demnächst saniert, das Ding. Und in einer strahlenden Farbe gestrichen. Vielleicht in einem hellen Gelb, wie das Haus nebenan. Wird nicht helfen. Nicht dem Haus und nicht der Straße.

Wir steigen Stockwerk um Stockwerk die Treppen hoch, und je höher wir kommen, desto steiler wird die Treppe. Die Stahltür zum Dachboden ist aus den Angeln gehoben. Dahinter ein Gang, links und rechts gehen kleine Verschläge ab, notdürftig mit Holztüren verrammelt. Überall liegt Sperrmüll. Matratzen, Autoreifen, Fahrradleichen, zusammengebrochene Regale. Auf dem großen Trockenboden steht ein Schaukelpferd. Rechts daneben, an der Mitte der Deckenbalken aufgeknüpft, hängt ein Mann.

Der Calabretta schließt die Augen und drückt sich mit Daumen und Zeigefinger auf den Nasenrücken. Der Brückner presst die Lippen aufeinander. Der Inceman schüttelt den Kopf und streicht sich die Haare aus dem Gesicht. Der Schulle sagt: »Verdammte Scheiße.«

»Ist er das?«, frage ich leise.

Der Calabretta sieht mich an. Ich weiß, dass ich gar nicht mehr hätte fragen müssen. Ist mir so rausgerutscht. Natürlich ist er das.

»Seht euch den Mund an«, sagt der Brückner. »Was haben die mit seinem Mund gemacht?«

»Zugenäht«, sagt der Calabretta. »Der Mund ist zugenäht worden.«

Die Naht ist gewaltig, sie geht von einer Wange zur anderen. Ein Zickzackstich aus braunem Band, wird vermutlich Leder sein.

»Zum Teufel mit dem verfluchten Albaner«, sagt der Schulle, und das ist es, was wir alle denken.

»Holen wir ihn runter«, sagt der Calabretta. »Er soll da nicht so hängen.«

Der Schulle zückt ein Messer, der Calabretta geht zu dem toten Mann und kniet sich davor, für einen Moment sieht es so aus, als wolle er beten. Der Schulle steigt auf seine Schultern, der Calabretta stellt sich wieder auf die Füße, schwankt ein bisschen, der Inceman kommt ihm zu Hilfe und hält ihn an den Schultern fest. Gemeinsam balancieren sie den Schulle aus, und der fängt an, an dem Tau zu säbeln, das den Mann sein Leben gekostet hat. Es dauert. Lange, klebrig lange fünf Minuten. Als das Tau durch ist, fangen der Brückner und ich den Mann auf und lassen ihn auf den Boden gleiten. Er ist groß, bestimmt eins neunzig. Seine hellbraunen Haare sind lockig und für einen Polizisten einen Tick zu lang. Seine Haut ist feinporig und sauber, seine Wimpern sind relativ hell, seine

Nase ist lang und schmal. Er sieht nicht aus wie ein Verbrecher. Wäre ich der Albaner, ich hätte mir's auch gedacht. Ich versuche, nicht auf seinen Mund zu kucken.
Seine Schultern sind breit und kräftig, er muss stark gewesen sein. Und er war keine dreißig Jahre alt. Der Calabretta zieht seine Jacke aus und legt sie dem Mann unter den Kopf. Dabei streicht er ihm vorsichtig die Haare aus der Stirn. Er macht sich Vorwürfe, und ich kann es ihm nicht verdenken.
»Gehen wir«, sagt er.
Er steht auf und verlässt mit großen Schritten den Dachboden, als wäre der Leibhaftige hinter ihm her. Dieser Beruf schlägt einem mit der Zeit Wunden, die sind so tief wie der Grand Canyon. Ich muss kurz an Kriminalmeister Tschauner denken und wünsche mir, dass er noch ein bisschen Zeit hat.
Der Inceman geht wortlos an mir vorbei nach unten. Er kuckt mich nicht mal an.
Jetzt hab ich dann wohl, was ich wollte.

Der Albaner kam Anfang der neunziger Jahre nach Hamburg, ein eleganter junger Mann aus Tirana. Die Familie hatte nicht viel Geld, aber die Eltern waren kultiviert und gebildet. Sie gaben ihrem Sohn alles mit auf den Weg, was er brauchte, um in einer westeuropäischen Großstadt bestehen zu können: Fremdsprachen, Cleverness und die Fähigkeit, sich in jeder Umgebung zu bewegen. Und der Sohn lernte schnell noch mehr dazu. Er lernte, das Glück zu verbiegen. Er fing im Casino an. Trug helle, gut geschnittene Anzüge und war geschickt beim Black Jack, dann klappte es auch beim Roulette. Er war zu allen freundlich und versprühte weltmännischen Charme. Er war ein gerngesehener Gast an Hamburger Zockertischen, sowohl in den verqualmten Hinterzimmern als auch in Sankt Paulis glitzernder Spielbank. Mit seinen ersten großen Gewinnen von jeweils über hunderttausend Euro legte er den Grund für seine spätere Lieblingseinnahmequelle: Immobilien.

Und dann kamen ein paar seiner Landsleute aus dem Kosovo an die Elbe und erledigten für ihn die Drecksarbeit. Sie drehten den Kiez einmal auf links. Nachdem die Albaner mit Sankt Pauli durch waren, stand in der Verbrechensmachtstruktur kein Stein mehr auf dem anderen. Sie schafften das, was vor ihnen schon die Jugoslawen und die Russen versucht hatten und gescheitert waren. Sie brachen die Hamburger Luden in kleine, handliche Stückchen. Denn die Albaner scherten sich einfach nicht um die eisernen Gangstergesetze. Sie pfiffen auf Ehre und so einen Scheiß. Sie brachen mit einer Schnelligkeit und Skrupellosigkeit übers Milieu herein, die neu war. Sie schossen sofort. Sie schossen von hinten. Sie demütigten Frauen. Sie drückten Hände auf Herdplatten. Sie zertrümmerten Türsteherknie mit Baseballschlägern. Sie taten all das,

167

was man auf dem Kiez bisher nicht getan hatte. Als
die Hamburger Ganoven das endlich geschnallt hatten, war es zu spät. Alles, was Geld und Ansehen
brachte, war ab Mitte der neunziger Jahre in albani-
scher Hand. Wer mitmachen und überleben wollte,
musste einen Satz beherzigen: »Widersprich nie einem
Albaner.«

Unser spezieller Albaner nutzte das schreckliche
Fahrwasser. Er kaufte weiter Immobilien, wenn man
erst mal eine hat, hat man ja zackig das Geld für die
nächste. Und er profitierte von der Angst, die die
Herren aus Pristina verbreiteten. Er hielt sich schön
dezent im Hintergrund. Er ließ machen. Aber keiner
kam an ihm vorbei. Denn weil die Läden und Straßenzüge, um die sich blutige Kämpfe geliefert wurden,
ihm ja meistens schon längst gehörten, musste er am
Ende wegen allem gefragt werden. Er bestimmte, was
lief. Wer lief. Wer gehen musste. Wer was durfte. Wer
lieber abhauen sollte. Die Ermittler sind sicher, dass es
in jener Zeit keinen einzigen Milieumord gab, der
nicht von ihm abgesegnet war.

Und während die anderen sich gegenseitig die Köpfe
einschlugen, steckte er ganz in Ruhe die dicke Kohle
ein und saß warm und trocken in seiner Villa in den
Elbvororten. Wurde fix ein Teil der Hamburger B-
Society. Wenn er Partys in den überdrehten Hotels an
der Alster schmiss, kamen die üblichen Fernsehge-
sichter, Promiboxer und Möchtegerns gerannt. Und
auch Senatsmitglieder. Das war schon verrückt. Alle
wussten, dass dem Mann nicht nur ein paar Immobili-

en und die großen Stripläden auf der Meile gehören. Allen war klar, dass er weit mehr kontrollierte. Niemand glaubte daran, dass die Weste unter den hellen Anzügen tatsächlich weiß sein könnte. Und trotzdem schämten sie sich nicht, dabei zu sein. Natürlich, er hatte sich die schlanken Hände nie schmutzig gemacht. Ihm war nichts nachzuweisen.

Einer meiner Vorgänger bei der Staatsanwaltschaft hat's mal ernsthaft versucht. Wegen Steuerhinterziehung. Das, womit man's immer versucht, wenn man sonst nichts in der Hand hat. Herausgekommen ist ein Bild in der strahlenden Aprilsonne, das damals durch die Presse ging: der Albaner im hellen Anzug, mit seinen Kindern und seiner schönen Frau im Arm, gütig lächelnd, in Freude über seinen Freispruch.

Seht alle her, der Mann ist unschuldig.

Das war das letzte Mal, dass einer von uns nah dran war, dem Albaner was anhaben zu können. Der Kollege hatte ihn ja immerhin vor Gericht gezerrt. Seitdem hat es niemand mehr geschafft, ihm auch nur *irgendetwas* nachzuweisen.

Den Faller hat das immer irre gemacht. Weil die Macht des Albaners überall auf dem Kiez zu spüren war. Sie war in der Luft greifbar, sie schwebte in der Atmosphäre. Wenn sein Name fiel, erstarrten die Sanktpaulianer. Und die kleinen Gangster gingen in Deckung. So was mag der Faller gar nicht. Wenn alle vor einem buckeln. So war das früher auch nie gewesen, rund um die Reeperbahn. Und als die Rockerbanden Schleswig-Holstein und Niedersachsen aufgerollt hatten und dachten, jetzt ist aber mal Sankt Pauli dran, änderte sich das auch wieder. Denn die Jungs mit den dicken Kutten konnten den kosovarischen Gangstern in Sachen Brutalität und Organisation tatsächlich das Wasser reichen. Und sie waren viele. Die Strukturen bröckelten, der Albaner schwächelte. Da dachte der Faller, dass man dem vielleicht doch mal wieder zu Leibe rücken könnte, und zwar auf ganz andere Art: mit einer Revolte. Der Faller kannte damals ja alle und jeden auf dem Kiez, hatte einen guten Draht zu sehr vielen Leuten, und er hetzte sie systematisch gegen den Albaner auf. Er setzte tiefe Stachel in die Ganovenherzen. Er berichtete von Dingen, die noch viel bösartiger und gemeiner waren als das, was vom Albaner bisher bekannt war. Der Faller nahm es dabei mit der Wahrheit nicht so genau, aber das ist auf dem Kiez auch nicht so wichtig. Das Milieu generiert immer seine eigene Wirklichkeit, die sich aus Tatsachen, Träumen und Legenden zusammensetzt. Der Faller wollte sich das zunutze machen, verbreitete die schlimmsten Horrorgeschichten, und je ruhiger der Albaner auf dem Kiez wurde, desto mehr glaubten die Leute dem Faller. Sie witterten die Chance, sich zu befreien. Und eine Weile sah es auch danach aus, als könnte der Trick vom Faller aufgehen. Denn es waren neue Kämpfe entbrannt, die Rockerbanden wollten sich etablieren und keinen Zweifel an sich aufkommen lassen. Das lief alles eher unter der Hand, keine offensichtlichen Schießereien oder sonstiger Gewaltkram, nur interne Machtkabbeleien. Nichts also, was Touristen abschre-

cken könnte. Aber der Albaner mag so was nicht. Er will nicht kämpfen, er will Geld verdienen. Er zog sich tatsächlich immer mehr aus den Kiezgeschäften zurück, konzentrierte sich verstärkt auf Immobilien außerhalb von Sankt Pauli. Er ließ auch die mal wieder machen, die er jahrelang unterdrückt hatte. Aber dann wurde es ihm doch irgendwann zu blöd. Er wollte sich nicht komplett rausdrängen lassen. Der Faller und sein revoltierender Mob gingen ihm gehörig auf den Sack. Und er registrierte, dass der Faller für einen Polizisten ein großes Stück zu tief drinsteckte im Kiez.
Er trat ihn noch ein Stück tiefer rein, und dann schmiss er ihn raus.

Der Calabretta war der erste Ermittler, der mit der Idee vom V-Mann kam. Als er das Anfang des Jahres beantragte, stieß er damit bei meinen Chefs nicht auf große Gegenliebe. Es war sutsche geworden um den Albaner, er störte nicht mehr groß, und seine Geschäftsbeziehungen in die oberen Etagen der Stadt waren vielfältig. Aber der Calabretta ließ nicht locker. Der Gedanke, den Faller zu rächen, hatte sich über die Jahre in seinem Körper festgefressen. Er wollte, dass der Albaner bezahlte für das, was er seinem Ziehvater angetan hat. Er nervte die Oberstaatsanwälte so lange,

er ging ihnen so dermaßen auf die Nerven, dass die Aktion im Frühjahr genehmigt wurde.
Der V-Mann hatte eigentlich noch vor Silvester die neuen Beweise gegen den Albaner liefern wollen. Er hatte dem Calabretta zu verstehen gegeben, dass er was in der Hand hat. Was richtig Großes.
Er wird es mit ins Grab nehmen.

Der Faller hat sich erkältet. Er schnieft und hustet und macht die allerfeinsten Altmännergeräusche. Vielleicht doch nicht so der goldene Job, den ganzen Tag durch die Gegend zu stromern, bei Wind und bei Wetter und überhaupt. Vielleicht kommt die Erkältung aber auch daher, dass das Leben die Schwingungen im Hintergrund spürt. Vielleicht ist der Faller angeschlagen, weil der Albaner wieder mal schneller war.
»Vielleicht sollten Sie ein paar Tage zu Hause bleiben«, sage ich. »Sie müssen nicht unbedingt so tun, als wären Sie erst dreißig.«
»Geht nicht«, sagt er. »Ich kann doch nicht so einen Job übernehmen und gleich wieder einknicken. Die Gastronomen fangen gerade erst an, sich an mich zu gewöhnen. Das ist wichtig, dass ich jetzt Präsenz zeige. Stichwort Nachhaltigkeit, Chastity.«
Er stellt seinen Mantelkragen hoch und zieht seinen Hut tiefer ins Gesicht.

»Sie bräuchten solche Ohrenklappen an Ihrem Hut«,
sage ich.

»Ohrenklappen«, ätzt der Faller, »so weit kommt's
noch. Und was sind Sie denn bitte schön neuerdings
so mütterlich? Hab ich da was nicht mitgekriegt?«

»Ich werde eben auch älter, Faller. Und vernünftiger.
So ist das nämlich.«

Ich bringe es nicht übers Herz, ihm die Geschichte
mit dem V-Mann zu stecken. Bin mir noch gar nicht
sicher, ob ich das überhaupt tun sollte. Hat er doch
auch nichts von. Ob er das jetzt weiß oder nicht.

Ich rücke meine Mütze zurecht und zünde mir eine
Zigarette an. Wir spazieren die Feldstraße entlang.
Wir haben uns an der Messe getroffen und arbeiten
uns jetzt ins Schanzenviertel vor, nach der Nummer
mit dem Dachboden war mir einfach nach einem Spaziergang.

»Schanzenviertel ist noch'n bisschen schwierig für
mich«, hat der Faller gesagt. »Die tragen alle die Nase
so hoch. Gepudertes Szenevolk. Da könnte ich ein
bisschen Unterstützung gebrauchen.«

Der Wind kommt von hinten und treibt den Schnee
vor sich her. Die Welt ist weiß. Weiß und kurz vor
Silvester. Das neue Jahr wartet schon darauf, vom
Himmel zu fallen. Die Kinder haben die Weihnachts-
glöckchen abgelegt und tragen jetzt Konfetti mit Luft-
schlangen.

»Warten Sie mal«, sage ich und bleibe stehen.

»Was ist denn?«

Der Wolfsmensch ist weg.

»Der Wolfsmensch ist weg«, sage ich.

»Was für ein Wolfsmensch?«, fragt der Faller.

»Dieser Mann, der tagein, tagaus an dem Passfoto-Automaten da drüben steht und die U-Bahn-Station beobachtet«, sage ich. »Der steht wirklich immer da, immer. Und jetzt ist er weg.«

»Seit wann ist er weg?«

»Keine Ahnung. Ich war vor fünf Tagen zum letzten Mal hier.«

»Und?«

»Da muss was passiert sein«, sage ich, »Was Wichtiges. Der geht da nicht einfach so weg.«

»Was glauben Sie, Chas?«

»Weiß ich nicht. Kommen Sie, Faller, wir müssen mit ein paar zerlumpten Männern reden. Ich will wissen, seit wann der Wolfsmensch weg ist. Und ob er irgendwo ein Versteck hat.«

Sehr gut.

Etwas in mir ist aus der Weihnachtsstarre erwacht.

Wir haben zu tun.

Und ich muss nicht mehr darauf rumkauen, ob ich dem Faller von dem armen V-Mann erzähle und der ganzen Scheiße, die da schon wieder abgelaufen ist. Dafür haben wir gerade überhaupt keine Zeit. Das verschieben wir einfach auf ein anderes Mal.

Der Faller schnieft und hustet, als wir über die vierspurige Straße laufen. Er sieht müde aus und alt und irgendwie aufgegessen. Das Leben spürt die Schwingungen im Hintergrund.

ACHTUNG:
Wer böse war, kommt in den Keller

Yannick bekam einen Anruf von Angel, um kurz nach halb vier. Im Hintergrund war großes Geschrei, wie immer. Die Mutter gegen den Vater, der Vater gegen Patric, Patric gegen die Kleinen, die Kleinen gegen Angel, Angel gegen sich selbst, alle gegen alle. Dann plötzlich Ruhe. Angel war rausgegangen, hatte die Tür hinter sich zugeworfen wie den Deckel eines Mülleimers. Weg, nur weg damit.
»Kommst du?«, fragte sie, ihre Stimme klang bröckelig, und Yannick war sich nicht sicher, ob sie diesmal vielleicht geweint hatte, ob sie es diesmal vielleicht nicht mehr ausgehalten hat.
»Ich bin gleich da«, sagte er.
Sie ging ihm dann entgegen, sie trafen sich in der Thadenstraße an der Ecke zum Park, so wie sie es immer machten, so wie es immer lief. Yannick nahm

Angel in den Arm und sagte: »Scheiß doch auf die Alten.«

Dann liefen sie los, Hand in Hand. Die Thadenstraße runter, über den Pferdemarkt, die Feldstraße entlang. Das Weihnachtsglitzern und Lichtergedöns in den Fenstern nahmen sie nicht wahr, und hätten sie es wahrgenommen, es wäre ihnen egal gewesen. Auf Höhe der U-Bahn-Station überquerten sie die Straße, kein Auto weit und breit, da lief ihnen auch nur wieder Weihnachten über den Weg, und auch da war es wieder egal. Weihnachten bedeutete nichts, so wie alles nichts bedeutete.

Nur Yannick und Angel, das bedeutete was.

Sie liefen über den Platz beim alten Schlachthof, und Yannick lächelte. Das war sein Viertel hier. Er regierte es. Kontrollierte die Nutten und das Koks, dachte er manchmal bei sich, haha, gab hier ja gar keine Nutten. Egal. Er war der Chef. Dass das außer ihm und seinen Freunden niemand wusste, war genau richtig. Er wollte nicht berühmt sein. Er wollte nur machen, wozu er Lust hatte. So wie Snake.

Sie schlenderten die Marktstraße entlang, immer noch Hand in Hand, für immer einander versprochen. Sie kickten die Schneehäufchen vom Gehsteig, sie genossen ihr Reich.

»Hey, Yannick«, rief die Frau, die gerade ihren Schuhladen abschloss. Eine Freundin seiner Mutter, die er nicht mochte. Er mochte sie im Grunde alle nicht. Blöde Schnepfen, altes Gewöll, das so tut, als wäre es immer noch sexy oder wichtig. Genau wie seine Mutter.

»Frohe Weihnachten!«, rief die Frau.

Yannick nickte kurz, dann kuckte er wieder weg.

»Soll bloß das Maul halten, die blöde Fotze«, sagte er.
Er zog sich seine Kapuze über den Kopf und nahm
seine Freundin in den Arm. Angel zitterte ein bisschen. Sie fror.

Wenn dicke Jacken nur nicht so hässlich wären.

»Halt«, sagte jemand hinter ihnen. »Stehen bleiben.«

Yannick drehte sich um. Angel stellte sich seitlich hinter ihren Freund und hielt sich an seinem Arm fest,
aber es half ihr nicht. Die fünf Obdachlosen hatten um
die beiden Jugendlichen einen Kreis formiert, und das
in einer Geschwindigkeit, die ihnen niemand zuge-
traut hätte, am allerwenigsten sie selbst. Dunkle Gesichter sahen Yannick und Angel an. Ihre Blicke und
ihr Schweigen waren von einer aggressiven Schwere,
die in der Lage gewesen wäre, das Pflaster unter ihnen
einzudrücken.

Sie mussten nicht sagen, was sie wollten. Yannick
wusste es auch so. An ein paar von ihnen konnte er
sich erinnern. Und sie wollten Rache.

Aber Snake würde sich nicht einschüchtern lassen.

»Verpisst euch«, sagte er.

Die Obdachlosen rührten sich nicht. Ihr fuseliger
Atem, ihr Gestank nach Straße und Einsamkeit und
Armut, das alles waberte Angel ins Gehirn. Ihr wurde
schlecht. Die kamen ihr zu nah. Wenn sie die im Bunker vor sich hängen hatten, lebten sie fast nicht. Sie
stanken dann irgendwie nicht so. Und die Mädchen

gingen auch nie so nah ran wie die Jungs. Die Mädchen setzten nur mal einen Tritt. Sie waren ja eher zum Anfeuern dabei.

Yannick machte einen Schritt nach vorne, aber einer der Obdachlosen, der mit der Fliegermütze, schubste ihn zurück in die Mitte.

»Schön hierbleiben«, sagte ein anderer. Er trug eine verfilzte Fellmütze und einen fusseligen, bodenlangen Wollmantel.

»Lasst uns durch«, sagte Yannick und versuchte es noch mal. Denen musste man nur zeigen, mit wem sie es zu tun hatten: mit Snake. Wieder wurde er von dem Penner mit der Fliegermütze zurückgeschubst, diesmal packte er ihn richtig an den Schultern dabei, er hatte mehr Kraft, als Yannick gedacht hätte. Als er ihn am Haken gehabt hatte, war er nur ein nasser Sack gewesen, der sich eingepinkelt hatte. Ja. Er war einer der Ersten gewesen. Yannick empfand für einen Moment lang fast eine gewisse Zärtlichkeit für den Penner. So als würden sie sich gut kennen, als hätten sie zusammen was durchgemacht.

Angel hielt sich immer noch an seinem Jackenärmel fest. Yannick konnte spüren, dass sie Angst hatte. Sie brauchte keine Angst zu haben. Er würde sie beschützen.

»So«, sagte der Mann mit der Fellkappe, »denn mal her mit den Telefonen.«

Er griff in die rechte Tasche seines flusigen Mantels und holte eine Pistole raus. Yannick hatte keine Ahnung, ob die echt war. Sie sah verdammt echt aus.

»Telefone!«, sagte der Mann, jetzt etwas lauter. »Oder soll ich sie mir holen?«

Yannick griff in seine Hosentasche, holte sein Telefon raus und hielt es dem Mann hin. Der nahm es, gab es einem der anderen Obdachlosen und sagte:

»Akku rausholen.«

Dann hielt er Angel seine Hand unter die Nase.

»Telefon, Fräulein.«

Angel rückte ihr Telefon raus. Noch nie in ihrem ganzen Leben hatte sie ihr Telefon abgegeben. Als sie zusehen musste, wie einer der Obdachlosen mit seinen schmutzigen Fingern den Akku da rauspulte, hätte sie schreien können vor Wut.

Als die Sache mit den Telefonen erledigt war und der Mann mit der Fellmütze die Einzelteile in seinem Mantel verstaut hatte, richtete er die Pistole auf Angel, zeigte mit der freien Hand in Richtung Glashüttenstraße und sagte: »Und jetzt Abmarsch, ihr Früchtchen. Da lang.«

Yannick nickte Angel zu, und sie setzten sich in Bewegung. Der Mann nahm die Pistole ein Stück runter, pflückte Angel von Yannick weg und hielt ihr die Pistole in den Rücken.

»Und denk nicht mal drüber nach abzuhauen, mein Freund«, sagte er zu Yannick, »sonst ist dein Mädchen tot.«

So schlichen sie durch die Glashüttenstraße. Ein bizarrer Tross. Zwei junge, bockige Menschen vorweg, ein zerlumpter Haufen hinterdrein, düster brummend wie ein Gefangenenchor. Irgendwo in der Mitte des

Heiligengeistfelds, es war dunkel, eisig und kalt, bat der Mann mit der Fellmütze einen seiner Kollegen, mal kurz die Waffe zu halten. Er holte aus der Innentasche seines riesigen Mantels einen Schürhaken heraus.

Jetzt erschlagen sie uns, dachte Yannick, und zum ersten Mal seit sehr langer Zeit hatte er Angst. Snake, dachte er, verdammt. Snake würde sich nicht so einfach erschlagen lassen. Aber er war nicht Snake. Er hatte nichts von dem, was Snake hatte.

Snake war nicht mehr da.

Der Mann mit dem Schürhaken bückte sich und hebelte einen Kanaldeckel auf, während einer, der aussah wie ein Geier, die Pistole hielt. Der Geier wirkte zappelig. Zu viel Alk, das sah man sofort. Vielleicht, dachte Yannick, könnten wir jetzt abhauen. Er sah sich um. Das Heiligengeistfeld war ein schwarzes Loch. Rechts sah er die Umrisse des Bunkers, da vorne musste die Budapester Straße sein, hinter ihnen war die Feldstraße. Alles groß und mächtig. Er und Angel waren zu klein. Sie würden es nicht schaffen. Es war Heiligabend. Es war keiner da, der das alles hätte beobachten können.

»Bitte schön«, sagte der Mann mit dem Mantel, zeigte auf das dunkle Loch im Boden, verstaute den Schürhaken in seinem Mantel und nahm die Pistole wieder an sich. »Bitte schön«, sagte er noch mal. Seine Stimme schnarrte.

Er will uns in der Kanalisation ertränken, dachte Yannick, und er wusste nicht, ob er eigentlich froh darüber sein sollte, nicht auf der Stelle erschlagen worden zu sein. Kanalisation war ja auch kein Zuckerschlecken.

Angel dachte an gar nichts. Die Kälte hatte von ihr Besitz ergriffen, schon vor langer, langer Zeit. Hatte ihr Herz gefrostet. Und die Kälte in ihr reagierte jetzt genauso wie in den Situationen zu Hause, wenn ihre Mutter sie anschrie und schubste und schlug: Sie fror auch die Gedanken ein. Sie drehte Angel einfach runter. Stellte alle Funktionen ab. Wenn die Kälte übernahm, war Angel nicht mehr da.

Als wäre sie ein Roboter, kletterte sie in den Schacht, ließ sich dann fallen und landete mit den Füßen auf dem Boden eines Tunnels. Yannick kletterte etwas vorsichtiger nach unten; als auch er in der schummrigen Röhre stand, sahen sich die beiden an. Vor ihnen lag eine endlose, dunkle Feuchtigkeit, über ihnen rutschte der Mann mit dem Mantel durch den Einstieg. Dann stand er hinter ihnen, mit der Pistole in seiner Hand. Der Kanaldeckel wurde von außen wieder zugeschoben, sie hörten noch einmal, zweimal, dreimal ein röcheliges Stöhnen und Schnauben, dann hörten sie nichts mehr.

Hier waren sie jetzt also. Yannick und Angel und der Mann mit dem Mantel, den alle nur »den Wolfsmann« nannten. Die drei waren alleine. Alleine mit der Angst, die die Vierte im Bunde war.

Auch der Wolfsmann spürte sie. Plötzlich wurde ihm das hier zu groß, was wollte er eigentlich von der Brut. Für eine Sekunde dachte er daran, nach seinen Kollegen zu rufen, aber dann ließ er es doch. Er vertrieb die

Angst aus seinem Nacken, so wie er es sein halbes Leben lang schon machte, und schob sie zu den beiden jungen Leuten rüber. Die hatten von seinem Manöver nichts mitgekriegt. Er konnte erkennen, wie ihre Umrisse zitterten. Seine Augen waren gut in der Dunkelheit.

»Vorwärts«, sagte er.

Yannick und Angel setzten sich in Bewegung. Langsam, vorsichtig, einen Fuß vor den anderen. Die Feuchtigkeit im Tunnel war gefroren, sie tasteten sich durch eine geeiste Röhre.

»Da runter«, sagte der Wolfsmann.

»Wo runter?« Yannick versuchte immer noch, seine Stimme gefährlich klingen zu lassen. Es gelang ihm nicht. Seine Stimme klang jämmerlich. Wie ein Milchbrötchen.

»Na, da«, sagte der Wolfsmann und machte eine Taschenlampe an. Er war sonst nie in Begleitung hier unterwegs, es verunsicherte ihn, dass die beiden sich nicht zurechtfanden. Er leuchtete mit der Taschenlampe auf die rechte Wand der Röhre. Da war ein Loch. Davor ging es zwei Stufen hoch, dahinter eine Treppe hinunter.

»Los, runter da«, sagte der Wolfsmann.

Angel ging als Erste, die Kälte gab ihr die Kraft dazu. Die Kälte machte alles egal und möglich. Yannick ging ihr nach. Wenigstens das Mädchen beschützen, wenigstens das. Snake. Von wegen.

Der Wolfsmann ging als Letzter, der Schein seiner Taschenlampe reichte weit nach vorne. Angel konnte sehen, dass es eine lange Treppe war. Bestimmt zwanzig

Stufen, schnurgerade nach unten. Am Ende waren sie wieder in einem Tunnel. Aber dieser Tunnel war trocken. Und alt. Das konnte Angel spüren. Sie hatte keine Ahnung von Gebäuden oder Geschichte, aber wenn man einem Bauwerk das Alter anmerkt, wenn man all die Seelen spürte, die jemals in ihm waren, dann musste es sehr alt sein, das wusste sie. Der Tunnel war aus hellem Stein gehauen, und er war angenehm hoch. In der Kanalisationsröhre hatten sie den Kopf einziehen müssen. Hier nicht. Hier konnte man aufrecht stehen, und es war noch Luft nach oben. Angel spürte, wie die Kälte aus ihren Gedanken wich. Wie die Angst einen kleinen Teil von ihr freigab. Vielleicht wollte der Wolfsmann sie ja gar nicht umbringen. Sie sah sich zu Yannick um. Er wirkte plötzlich viel jünger als sonst. Seine Schultern waren so schmal.

Der Wolfsmann verriegelte die Eisentür. Den Riegel sicherte er mit einem dicken Vorhängeschloss, dann machte er die Taschenlampe aus und drehte an einem altmodischen Lichtschalter. Ein paar Glühbirnen, die desorientiert von der Decke baumelten, gingen an und tauchten den Raum in graugelbes Licht.
»So«, sagte der Wolfsmann, »da wären wir.«
Es klang ein bisschen, als wollte er ihnen etwas Aufregendes zeigen. Und Angel fand den Ort auch gar nicht mal so schlecht. Ein Gewölbe mit bestimmt drei Meter hohen Decken. Die Decke war in ein Dutzend kleine, geschwungene Kuppeln unterteilt, von Säulen getragen. Wie eine Kirche war das gebaut. Aus dem

gleichen hellen Stein wie der Tunnel, durch den sie gekommen waren.

Im Grunde war es überall besser als zu Hause.

»Wo sind wir?«, fragte Angel.

Der Wolfsmann brummte und zeigte auf eine Matratze, die in der Mitte des Gewölbes an einer Säule lehn-
te. Er fuchtelte ein bisschen mit seiner Pistole.

»Ihr könnt euch da draufsetzen«, sagte er.

Yannick rührte sich nicht. Er war kurz davor loszu-
heulen, aber er riss sich zusammen wie noch nie in seinem Leben. Und er hoffte inständig, dass weder seine
Freundin noch der Penner es bemerken würden. Angel nahm ihn an der Hand und zog ihn zu der Matratze. Sie kippte die Matratze auf den Boden, ignorierte
die Flecken und setzte sich drauf. Sie klopfte mit der
Hand ganz sachte auf den freien Platz neben sich und
sagte zu Yannick:

»Na, komm schon.«

Als Yannick sich hinsetzte, fühlte sich das an, als würde er zusammenbrechen.

Der Wolfsmann schlurfte in die hinterste Ecke des
Gewölbes. Da stand noch eine Matratze an der Wand.
Davor lagen ein paar ordentlich zusammengelegte
Wolldecken, eine Schachtel mit Keksen und zwei bun-
te alte Seile, so wie man sie zum Klettern verwendet.

Der Wolfsmann nahm die Taue, schlurfte zurück zu
Yannick und Angel.

»Rutscht mal an die Säule ran.«

Er legte die Pistole zur Seite, und sie ließen sich von
ihm an die steinerne Säule fesseln. Yannick hatte kurz

daran gedacht, ihn zu treten, ihn zu überwältigen, es ihm so richtig zu geben. Aber er konnte nicht. Der Wolfsmann war jetzt der Stärkere.

Angel dachte nicht eine Sekunde darüber nach, abzuhauen. Wohin denn auch. Sie sah dem Wolfsmann in die Augen, als er sie fesselte. Es waren dunkelbraune Augen mit winzigen Spritzern in Gold, die Augen wirkten tief und warm. So einer fesselt normalerweise nicht.

»Warum?«, fragte sie.

Er trat einen Schritt zurück, nahm seine Pistole vom Boden auf und steckte sie in seine Manteltasche.

»Ihr wart böse.«

»Das stimmt«, sagte Angel.

Yannick sagte: »Schwachsinn.«

Langsam, ganz langsam fand er seine Stimme wieder. Auch wenn er gefesselt war, spürte er, dass das hier eventuell nicht so schlimm werden würde, wie er gedacht hatte.

»Erinnert ihr euch an den Mann, den ihr vor drei Tagen halb totgeprügelt habt?«

Yannick wusste nicht genau, welchen Mann er meinte. Angel begriff sofort, von wem der Wolfsmann sprach. Sie erinnerte sich an seine Füße. Die waren so hart und dick gewesen wie bei keinem anderen.

»Er war mein Freund«, sagte der Wolfsmann.

Er knöpfte seinen Mantel zu.

»Und jetzt ist er tot.«

Dann ging er um die Säule herum und zog die Fesseln stramm. Yannick und Angel konnten sich keinen Mil-

limeter mehr bewegen, und der Stein drückte gegen
ihre Wirbelsäulen. Es war egal. Sie waren erstarrt.
Dass einer der Obdachlosen sterben könnte, war nicht
eingeplant gewesen.

Der Wolfsmann ging zurück zur Eisentür, drehte am
Lichtschalter, das Licht erlosch, sie hörten, wie er noch
mal an ihnen vorbeischlurfte, und dann war er weg.

Angel starrte in die Dunkelheit. Die Kälte kam zurück.

Der Junge, der mal Snake Plissken war, fing an zu weinen.

Der Wolfsmann stieg die paar Treppen zur Schachtel
hinauf. Die Schachtel war niedrig, man konnte kaum
stehen in der Schachtel, aber ihr Vorteil war, dass sie
ein bisschen wärmer war. Die Schachtel lag genau zwischen dem Keller und der Straße. Im Keller war nichts,
in der Schachtel konnte man das Leben da draußen
schon wieder ahnen. Die Scheiße da draußen. Aber
zum Aufwärmen war sie gut. Von der Schachtel ging
eine weitere Treppe ab, die führte nach oben. Am
Ende der Treppe schob der Wolfsmann eine Stahlplat-
te zur Seite. Dann eine dicke Holzplatte. Er griff zwischen die schweren Mäntel und Anzüge aus den sech-
ziger Jahren, die an der Kleiderstange hingen, schob
sie auseinander, schloss die Schranktür von innen auf
und stand in einem alten Laden. Niemand brauchte
den Laden mehr. Irgendwer hatte hier ein paar alte Sofas abgestellt. Manchmal, wenn es ihm im Keller zu
kalt war, schlief der Wolfsmann hier oben. Aber nicht

so gern. Die Schlüssel zu dem Laden hatte ihm mal einer geschenkt. So hatte er alles gefunden. Den Kleiderschrank. Die Schachtel. Den Keller.

Er schloss die Ladentür auf, hob das Gitter ein bisschen aus den Angeln und schob sich hindurch. Hinter sich machte er alles wieder gut zu. Niemand wusste, was hinter diesen schäbigen Ladenfenstern für ein Schatz lag, und das sollte auch so bleiben.

Er zog seine Fellmütze tiefer in die Stirn. Mit jeder Nacht wurde es kälter. Affenwinter. Er sah in den Hamburger Himmel. Ohne dass er es bemerkte, lief ihm eine Träne über die Wange. Da oben war in dieser Nacht kein Stern zu sehen, kein Mond. Nur Schnee, der aus den schwarzgrauen Wolken fiel.

Er hatte keine Ahnung, was er jetzt mit den beiden machen sollte.

Irgendwann waren ihnen die Augen zugefallen. Die Schultern und Köpfe aneinandergelehnt, beruhigt vom Atmen des anderen, waren Yannick und Angel eingeschlafen. So wie Kinder eben einschlafen, wenn die Batterien leer sind. Sie waren auch nicht aufgewacht, als der Wolfsmann zurückgekommen war, mit einer Thermoskanne Tee in der Manteltasche. Er hatte die beiden schlafen lassen, ihre Fesseln gelockert und ihnen eine Decke über die Beine und Füße gelegt. Dann war auch er schlafen gegangen, auf seiner Matratze in der Ecke. Es war ihm schwergefallen, das Gefühl zu benennen, das er bei dem Gedanken gehabt hatte, diese Nacht nicht alleine zu verbringen.

Angel war als Erste wach. Es war dunkel im Keller, kein Hauch von Licht in der Luft, aber es musste gegen Morgen sein, denn sie war nicht mehr müde, und sie hatte Hunger. Sie lauschte in die Dunkelheit. Der Wolfsmann schnarchte ein bisschen, aber nur ganz leise. Ihr taten die Arme weh. Sie ruckelte ein bisschen an dem Seil, mit dem sie an die Säule gebunden war, und spürte, dass es lockerer saß als vor dem Einschlafen. Sie konnte ihre Arme sogar ein Stückchen nach vorne schieben. Von ihrem Ruckeln wachte Yannick auf.

»Sind wir tot?«

»Nein«, sagte Angel, »wir sind nicht tot.«

»Mir tun die Arme weh«, sagte Yannick.

»Mir auch«, sagte Angel. »Könnte aber schlimmer sein.«

»Wo ist der Penner?«

»Der Penner würde gerne noch schlafen«, knurrte der Wolfsmann von hinten. »Aber bei eurem Gequatsche geht das ja nicht.«

Sie hörten, wie er sich seine Wolldecke vom Leib schob und zum Lichtschalter schlurfte. Klack. Die Glühbirnen fingen an zu glimmen. Der Wolfsmann schlurfte zurück in seine Ecke, holte die Thermoskanne und schlurfte zu Yannick und Angel. Er setzte sich vor die beiden auf den Boden, öffnete die Kanne, goss die immer noch warme Flüssigkeit in den abgeschraubten Deckel und fragte:

»Tee?«

Angel nickte. Yannick starrte ihn an.

Der Wolfsmann setzte Angel den Becher an die Lippen und ließ sie trinken. Dann hielt er den Becher auch Yannick hin. Yannick schüttelte den Kopf.

»Keine Angst«, sagte der Wolfsmann. »Da ist kein Gift drin. Keine K.-o.-Tropfen.«

Yannick stieg eine plötzliche Hitze ins Gesicht. Er hätte dem Penner seinen blöden Becher am liebsten aus der Hand getreten, direkt ins Gesicht, das Gesicht verbrannt, fertigmachen würde er ihn. Aber Snake Plissken war und blieb verschollen.

»Na, komm schon«, sagte der Wolfsmann. »Nimm einen Schluck.«

Er setzte ihm den Becher an den Mund, und Yannick hätte nicht gedacht, wie gut es tun könnte, warmen Pfefferminztee zu trinken.

»Also«, sagte der Wolfsmann, nachdem er auch getrunken hatte. »Jetzt müssen wir überlegen, was wir heute machen.«

Haha, dachte Yannick, machen, so ein Schwachsinn, der stinkende Idiot hat uns hier festgebunden, was sollen wir schon machen. Angel musste tatsächlich ein bisschen grinsen.

So begann der erste Tag. Das dunkle, kalte, langsame Leben im Keller.

Es war der erste Weihnachtstag. Oben saßen die Leute in ihren Wohnzimmern. Kuschelten sich in ihre Couchgarnituren. Überlegten, welche Geschenke sie umtauschen sollten und welche nicht. Hier unten spielte das alles keine Rolle. Hier unten war nichts außer ihnen dreien. Sie saßen einfach nur rum, mit ein bisschen Licht an. Sie redeten nicht, schauten sich nur hin und wieder an.

Als Angel mal musste, band der Wolfsmann sie los und brachte sie in eine Ecke ganz am Ende des Kellers. Hinter eine Mauer. Da ging eine Treppe nach oben, aber da oben war eine Betondecke. Am unteren Ende der Treppe stand ein Eimer, der Boden war herausgeschnitten, und darunter war ein Loch im Keller. Der Wolfsmann wusste nicht, wohin das Loch führte, aber er war ein pragmatischer Mensch, und so hatte er sich aus dem Loch und dem Eimer eine Toilette gebaut.

Irgendwann musste Yannick auch mal, und wenn er sich nicht in die Hose machen wollte, blieb ihm nichts anderes übrig, als sich vom Wolfsmann zur Toilette bringen zu lassen.

Gegen Mittag zog der Wolfsmann die Fesseln wieder fester, machte das Licht aus und ging. Vielleicht eine Stunde später kam er zurück. Er hatte gebratenen Reis mit Gemüse dabei, zwei Portionen. Die Kellner des asiatischen Restaurants im Schanzenviertel gaben mittags Essen an Obdachlose aus, er hatte ihnen eine zusätzliche Portion abgeschwatzt, angeblich für einen kranken Freund.

Schmeckte ganz gut.

Als es Zeit zum Schlafen war, fragte Angel den Wolfsmann, ob er ein Licht anlassen könnte. Es sei ihr zu dunkel. Der Wolfsmann brummte. Dann holte er eine Leiter und schraubte aus allen Fassungen die Glühbirnen raus, bis auf eine. Es war schummrig im Keller, dunkelgolden. Das Licht war jetzt so ähnlich wie in der Bar, die genau obendrüber lag, aber davon wussten Angel und Yannick nichts.

Der Wolfsmann dachte darüber nach, wie man die verdammte Bude mal ein bisschen wärmer kriegen könnte. Und Yannick war Angel so dankbar für die Sache mit dem Licht, dass er schon wieder fast geheult hätte.

Am zweiten Tag gab es gebratene Nudeln mit Huhn. Am dritten Tag gab es wieder Nudeln, aber diesmal waren sie nicht gebraten, sondern es gab eine klebrige, scharfe Sauce dazu. Ziemliche Sauerei. War schwierig zu essen. Der Wolfsmann band Angel und Yannick los, er band sie tatsächlich beide los, zum ersten Mal, seit sie hier waren. Dann aßen sie zu dritt aus zwei Styroporpackungen. Die Kellner aus dem asiatischen Restaurant glaubten ihm die Geschichte mit dem kranken Freund. Oder sie fanden einfach, dass man einem Obdachlosen rund um Weihnachten ruhig auch mal zwei Portionen Essen ausgeben kann.

Abends, als alle müde wurden, band der Wolfsmann Angel und Yannick wieder fest. Irgendwie fühlten sich die drei wohler so. Dass eine Glühbirne anblieb, war inzwischen selbstverständlich.

Am vierten Tag brachte der Wolfsmann von seinem Mittagsausflug nicht nur etwas zu essen und zu trinken mit, sondern auch ein Scrabble-Spiel. Das hatte er in der Tauschbox am Paulinenplatz gefunden. Es gab da immer mal wieder tolle Sachen. Er besorgte sich dort regelmäßig Bücher, las sie und stellte sie zurück. Angel und Yannick spielten Fangen, als er in den Keller stieg, und zwischendrin küssten sie sich. Er freute sich, als er die beiden so ausgelassen sah.

Nach dem Essen, es gab gebratenen Reis mit Huhn, holte der Wolfsmann das Scrabble-Spiel aus seinem Mantel. Sie legten die beiden Matratzen so, dass sie sich gegenübersaßen, das Spiel stellten sie in die Mitte. Sie brauchten eine Weile, bis es sich zurechtruckelte, wie immer, wenn man Scrabble spielt, aber dann klappte es ganz gut. Es klappte sogar wie am Schnürchen. Sie legten Worte wie die Weltmeister. Weder Angel noch Yannick konnten sich daran erinnern, dass ihre Eltern jemals mit ihnen gespielt hätten, was auch immer. Die Eltern des Wolfsmannes hatten mit ihm gespielt. Aber das war in einem anderen Leben, in einer anderen Welt gewesen. Als er dran war, legte er das Wort *Wolkenbruch.*

Angel nickte anerkennend, sah ihm ins Gesicht und legte das Wort *Hackfresse.* Seine Mundwinkel fingen an zu zittern, aus seinem Inneren kam ein Keuchen, und dann brach es hervor, das lauteste Lachen, das Angel jemals gehört hatte. Yannick war kurz zusammengezuckt. Aber dann lachten sie alle drei, und sie konnten einfach nicht mehr aufhören damit.

Als sie müde wurden, schoben sie die Matratzen zusammen und legten sich hin. Angel in der Mitte, rechts Yannick, links der Wolfsmann. War doch wärmer so.

Am fünften Tag lag eine seltsame, ganz neue Traurigkeit im Keller herum. Gestern zu viel gelacht. Und dem Wolfsmann war in der Nacht klargeworden, dass es vorbei war. Dass er die beiden gehen lassen musste,

am besten gleich. Yannick und Angel wussten es auch. Sie aßen noch zusammen, es gab einen Sack voller Frühlingsrollen. Dann schoben sie die Matratzen an die Wand und ließen sich vom Wolfsmann sein Leben erzählen. Diesmal war es Angel, die weinen musste.
Gegen Abend, es war kurz vor sieben, gab der Wolfsmann ihnen die Telefone zurück. Sie setzten die Akkus ein, machten die Geräte an und lasen all die Nachrichten und sahen all die vergeblichen Anrufe.
»Die haben uns gesucht«, sagte Angel.
»Die suchen euch immer noch«, sagte der Wolfsmann. Er hatte die Polizisten durchs Viertel streifen sehen, immer wieder. Er war ein paar Mal kurz davor gewesen zu sagen: Kommt mit, ich zeige euch, wo die Kinder sind. Und dann dachte er: Nur ein bisschen noch. Es dauerte ungefähr eine halbe Stunde, bis Angel und Yannick beschlossen, jetzt zu gehen.
Der Wolfsmann brachte sie nach oben, schob sie durch den Kleiderschrank in den alten Laden, schloss die Tür auf und hob das Gitter aus den Angeln. Weil er nicht sehen wollte, wie sie davongingen, drehte er sich um und verschwand wieder in seinem Keller.

Das *Möwe Sturzflug* ist auch wieder so ein Ding. Eine Bar, wie es nur noch ganz wenige gibt auf Sankt Pauli. Da kann einer wie der Faller neben einer wie mir sitzen, und niemand findet es komisch. Da sitzen eigentlich nur Typen wie wir rum, die sind durch die Bank relativ verlebt, verkantet, verschickt, alle sehen irgendwie besonders aus, aber keiner besonders gut. Im *Möwe Sturzflug* trifft sich die Ureinwohnergemeinschaft und nicht die Eigentümergemeinschaft. Die Fenster sind alt, wellig und bodenlang, von den Wänden bröckelt der Putz, die Gäste sitzen am angeritzten Tresen und auf tiefergelegten, fransigen Sofas, in den Ecken stehen gebrechliche Stehlampen mit roten und gelben Schirmen. Aus den Lautsprechern fallen Klagelieder von Amy Winehouse.

Das *Möwe Sturzflug* ist eine leicht angegammelte Schönheit, ein Ort, an dem sich Sankt Pauli manifestiert. Der Faller bestellt bei dem Mädchen mit den roten Rastazöpfen einen Apfelsaft für sich und ein Bier für mich. Wir sind durchs Karoviertel gelatscht, bis uns die Socken gequalmt haben, was bei dieser Kälte echt eine beachtliche Leistung ist. Wir haben jede einzelne kleine Gasse abgesucht, und nirgends haben wir jemanden gefunden, der mit uns geredet hätte. Also, mit uns geredet haben die Leute schon, aber: der Wolfsmann? Nie gesehen. Kennt keiner.

Irgendwann konnten wir nicht mehr und sind im *Möwe Sturzflug* gelandet, in diesem dreieckigen alten Haus. Vielleicht ist es ja auch der merkwürdige Grundriss, der den Laden für Leute wie uns so interessant macht.

Das rothaarige Mädchen schiebt unsere Getränke rüber, wir stoßen an und trinken. Der Faller schüttelt sich.

»Bah, ist das Zeug kalt«, sagt er. »Ich hätte mir Kakao bestellen sollen.«

»Kakao gibt's hier nicht«, sagt das rothaarige Mädchen. »Ich könnte dir 'n Grog machen.«

»Nee, nee«, sagt der Faller, »lass mal.«

»Ich will aber nicht, dass hier jemand friert«, sagt sie. Sie greift über die Theke, nimmt dem Faller sein Glas aus der Hand und hält die Heißdüse von der Kaffeemaschine in den Apfelsaft. Dann stellt sie ihm das Glas wieder hin, steckt eine Stange Zimt rein und sagt:

»Bitte schön, so geht's bestimmt besser.«

Der Faller kuckt, als hätte er sich verliebt. Ich könnte es ihm nicht verdenken. Das war sehr süß von dem rothaarigen Mädchen.

Mein Telefon klingelt. Der Tschauner ist dran.

»Was gibt's?«, frage ich.

»Wir haben die Telefone von Yannick und Angel geortet«, sagt er.

»Wo kommt das Signal her?«, frage ich.

»Sankt Pauli«, sagt er. »Annenstraße Ecke Clemens-Schultz-Straße.«

»Da bin ich gerade«, sage ich.

»Wie bitte?«

»Kennen Sie das *Möwe Sturzflug*?«

»Klar«, sagt er. »Aber unsere Vermissten sitzen ja wohl kaum gemütlich in der Kneipe, oder?«

»Ich schau mich hier mal um«, sage ich. »Bleiben Sie dran?«

»Natürlich, Chef.«

Ich nehme mein Telefon vom Ohr und drehe eine Runde durch die Bar. Hier ist niemand unter dreißig. Ich halte mir das Telefon wieder ans Ohr.

»Tschauner?«

»Yo.«

»Was macht das Signal?«

»Es entfernt sich«, sagt er, »ist jetzt in der Clemens-Schultz-Straße, fast schon an der Hein-Hoyer-Straße.«

»Schicken Sie sofort ein paar Leute hin.«

»Die sind schon unterwegs«, sagt er.

»Gut«, sage ich. »Ich versuche rauszufinden, wo die hier gesteckt haben. Ich ruf Sie gleich wieder an.«

Der Faller kuckt verknittert.

»Nee, oder?«

»Doch«, sage ich. »Die waren hier.«

»Und jetzt leben sie und sind wieder frei?«

»Keine Ahnung«, sage ich. »Die Kollegen verfolgen das Telefonsignal der beiden.«

Ich hab Hummeln im Bauch, einen ganzen Schwarm. Ich heb gleich ab. Das rothaarige Mädchen sieht mich an.

»Wen sucht ihr?«, fragt sie.

»Zwei Jugendliche, die seit ein paar Tagen verschwunden sind«, sage ich. »Sieht so aus, als wären sie vor ein paar Minuten noch irgendwo hier im Haus gewesen. Kennst du die Wohnungen?« Ich zeige mit dem Finger an die Decke.

Sie nickt.

»Direkt obendrüber wohnt unser Chef«, sagt sie. »Darüber seine Freundin. Und ganz oben wohne ich.«

Ich kann mir nicht helfen: Sie sieht mich an, als wüsste sie was.

»Gibt's hier einen Keller?«, frage ich.

»Ja, klar«, sagt sie, »den haben die Bullen vor ein paar Tagen auch durchsucht, wie alle Keller hier in der Ecke.« Sie sieht zu Boden. »Ich wusste nicht, dass die ein paar junge Leute suchen. Ich dachte, das wäre so 'ne Art Razzia.« Sie wirkt zerknirscht.

»Gibt es einen Keller, den die Polizisten nicht gesehen haben?«

Sie macht eine kleine Schublade hinter der Theke auf, in der jede Menge Zettel, Gummibänder und Flaschenöffner liegen. Sie zieht einen Schlüssel an einem schwarzen Band mit Totenköpfen raus.

»Kommt mal mit.«

Sie geht zur Tür, der Faller und ich folgen ihr. Sie geht rechts ums Eck, in die Clemens-Schultz-Straße rein. Vor einem verschnörkelten schmiedeeisernen Gitter bleibt sie stehen. Das Gitter ist aus den Angeln gehoben, die dahinter liegende Tür ist nur angelehnt.

»Oh«, sagt sie.

»Was ist?«, frage ich.

Dem Faller ist kalt. Er tritt von einem Fuß auf den anderen. Ich bin froh, dass er da ist.

»Er lässt die Tür sonst nie auf«, sagt sie.

»Wer?«, frage ich.

»Ich weiß nicht, wie er heißt«, sagt sie. »Er schläft hier.«

Wir machen das Gitter auf und die Tür, ich mache mit dem Display meines Telefons ein bisschen Licht, es

reicht gerade aus, um zu sehen, dass am Ende des Raumes ein alter Kleiderschrank offen steht.
»Da«, sagt das rothaarige Mädchen, »durch den Schrank.«
Ich gehe vor und leuchte, der Faller geht hinter mir. Das Licht meines Displays fällt durch den Schrank durch, der keine Rückwand mehr hat. Dahinter ist eine Treppe, wenn ich das richtig sehe.
»Was ist da unten?«, frage ich.
»Die Pesthöfe«, sagt das Mädchen. »Sankt Pauli ist unterkellert, das ganze Viertel, wusstet ihr das nicht?«
Ich schüttele den Kopf. Der Faller kuckt wie ein Auto.
»Das ist noch aus der Pestzeit«, sagt das rothaarige Mädchen. »Die Kranken, die mit den Schiffen im Hafen ankamen, mussten ja irgendwie zu den Krankenhäusern geschafft werden. Das haben die wohl unterirdisch gemacht. Ach, was weiß denn ich. Erzählt man sich halt so. Die meisten Gänge und Keller sind wahrscheinlich auch zugeschüttet. Aber hier unten, direkt unterm *Möwe Sturzflug*, ist der Rest eines alten Krankenhauses. Die Pesthöfe eben. So hieß das damals.«
Ich glaub, ich spinne. Wieso weiß ich so was nicht?
»Ich muss zurück in die Bar«, sagt das Mädchen. »Ihr schafft das alleine, oder?«
Ich nicke.
»Danke«, sage ich.
Sie zuckt mit den Schultern, und dann ist sie weg.
Pesthöfe. Unglaublich.

»Darf ich Sie was fragen?«

Der Wolfsmann sieht mich an, brummt. Er sitzt auf einer Matratze, lehnt mit dem Rücken an der Wand. Über ihm baumelt eine einzelne Glühbirne. Sie taucht das Gewölbe in ein dunkles, geheimnisvolles Licht, sieht aus wie eine kleine Kathedrale. Ich wusste nicht, dass wir so was haben auf Sankt Pauli.

Der Wolfsmann brummt noch mal. Dann nickt er.

»Worauf warten Sie, wenn Sie an der Feldstraße stehen?«

Er sieht mich weiter an, regungslos. Dann sieht er zu Boden, streicht mit den Fingern über ein Scrabble-Spiel, das zu seinen Füßen liegt.

»Auf wen warten Sie da immer?«

Er holt Luft, sieht kurz durch mich hindurch, dann wieder in meine Augen.

»Auf einen Engel«, sagt er. »Aber ich schätze, damit höre ich jetzt auf.«

30. DEZEMBER:

Manchmal ist es drinnen kälter als draußen

»Caspar?«
»Hm?«
»Vielleicht sollten wir Yannick und Angel eine Weile ins Ausland schicken. Wenn alles vorbei ist.«
»Hab ich auch schon überlegt. Wäre gut für die Kinder und gut für uns. London?«
»Ich bin eher für Neuseeland. Wir haben doch diesen einen Kunden in Berlin, der hat ein Büro in Wellington. Er sagt, die Ecke ist sehr inspirierend. Und die Schulen sind wohl hervorragend.«
»Lass uns die beiden doch gleich mal fragen.«
»Da brauchen wir nicht fragen, Liliane. Das machen wir einfach. Die Kinder verstehen das sicher.«
»Ja, Liebling. Die verstehen das.«

»Frank. Fra-hank!«
»Hm.«
»Gib ma Kippen und Bier.«
»Haste nich schon genuch heute?«
»Nää. Gib ma. Und sach ma Patric, dass er seine Scheißmucke leiser machen soll.«
»Hört doch eh nich' auf mich.«
»PATRIC! MUSIK! ZU LAUT! Frank, hast du's bald ma mit mein Bier und mein Kippen?«
»Hm. Hier. Wo sind'n die Jungs?«
»Machen Fernseh.«
»Und wo is' Angela schon wieder?«
»Keine Ahnung. Aber ich brauch die heute noch. Zu'n einkaufen. Ich bin ganz kaputt von den lang'n Tach.«
»Haste ihr schon Geld mitgegeben, wegen einkaufen?«
»Nää. Wieso?«
»Geld is' alle.«
»War die das jetz', oder was?«

»Mama?«
»Mhmmmh, mhmmmh …«
»Mama? Was singst du denn da?«
»Was? Ach … nichts. Gar nichts.«
»Mama, ich muss mit dir reden.«

»Was gibt's denn, Katinkaschatz?«
»Mama, ich hör mit der Schule auf.«
»Schule ist wichtig, Katinkaschatz.«
»Ich hör lieber auf damit, Mama. Mir bringt das nichts.«
»Wie du meinst, mein Kind, wie du meinst.«
»Mama?«
»Mhmmmh, mhmmmh …«
»Was singst du denn da schon wieder?«
»Leilalalala, leileilalala …«
»Vielleicht solltest du doch irgendwann zurück nach Hause gehen.«
»Vielleicht, Katinkaschatz, vielleicht.«

»Man muss den Kaffee langsam rösten.«
»Arndt?«
»In der Trommel.«
»Arndt?«
»Gute halbe Stunde. Nicht nur so zehn Minuten in der heißen Röhre.«
»Arndt!«
»Geschmacklich ein Riesenunterschied.«
»ARNDT!«
»Ja, was denn?«
»Kannst du die Kleine für eine Stunde zu dir in den Laden nehmen?«

»Hab gerade einen Kunden am Telefon.«

»Kannst du die Kleine nehmen?«

»Wieso denn?«

»Ich muss weg?«

»Wohin denn?«

»Wegen Benny.«

»Was ist denn mit Benny?«

»Er hat Probleme.«

»Ich hab auch Probleme. Mein Kunde kauft gleich woanders ein.«

»Also, was ist jetzt mit der Kleinen?«

»Okay, gib her.«

»Hier. Hast du sie?«

»Jaja. So, jetzt bin ich wieder da. Wie gesagt, Trommelröstung, nur Arabicabohnen, ausgesuchte Erzeuger, Sie werden das schmecken. Wenn Sie möchten, liefere ich Ihnen auch Zigarren und Wein.«

»Arndt?«

»Rotwein, ja, kleinen Moment, bitte …«

»Arndt?«

»Ich hätte einen Italiener im Angebot. Aus Apulien. Achtzehn Euro neunundneunzig die Flasche.«

»A-harndt!«

»Zwölf Flaschen? Gerne, kein Problem, mach ich Ihnen fertig.«

»MANN, ARNDT!«

»Was denn?!? Kleinen Moment noch mal, bitte … Was ist denn schon wieder?«

»Die Kleine ist die Treppen wieder hochgekrabbelt. Ich muss echt los.«

»Benny geht mir so was von auf den Keks. Nur, weil der offensichtlich irgendeine Scheiße gebaut hat, kann ich jetzt nicht in Ruhe mit meinen Kunden telefonieren.«
»Arndt, bitte!«
»Ist doch wahr. Versager.«

»Gernot, ich mach mir solche Sorgen um Leander. Ich weiß überhaupt nicht, was werden soll. Muss er jetzt ins Gefängnis? Und wenn er ins Gefängnis muss, darf er dann noch Medizin studieren? Wie ist das denn, wenn man im Gefängnis war? Kann man danach noch Arzt werden? Er muss doch Medizin studieren. Er soll doch mal die Praxis übernehmen. Das geht doch nicht, dass er die Praxis nicht übernehmen kann. Wozu hast du die Praxis denn sonst aufgebaut? Was machen wir denn nur, wenn Leander die Praxis nicht übernehmen kann? Ich kann mir das gar nicht vorstellen, es ist doch alles darauf ausgerichtet, dass Leander das mal macht, du hast das doch alles schon geregelt, was machen wir denn nur …«
»Sybille?«
»Hm?«
»Seit wann interessierst du dich für so was?«

»Und wie geht's jetzt weiter, Chastity?«

»Wie geht was weiter?«

»Das mit uns. Wie geht das mit uns weiter?«

»Ist das wichtig?«

»Ja, für mich ist das wichtig. Ich will dich nicht einfach so aufgeben. Ich mach so was nicht.«

»Das entscheidest nicht du allein.«

»Du auch nicht.«

»Ich bin, wie ich bin.«

»Menschen können sich ändern.«

»Warum sollte ich mich ändern?«

»Weil Veränderung Bewegung ist. Ohne Bewegung wartet nur noch der Tod auf dich.«

»Der wartet sowieso auf mich. Der wartet auf uns alle. Da kommst auch du nicht drum herum. Egal, wie groß du bist. Egal, wie schön du bist.«

»Aber ich kann versuchen, Spuren zu hinterlassen. Was hinterlässt du denn mal? Einen Berg voller Angst und Zigarettenkippen?«

»Und wenn. Na und? Ich bin nicht die Mutter deiner Kinder. Ich kann keine Kinder kriegen. Hab ich dir schon gesagt.«

»Da kann man doch bestimmt was machen.«

»Bist du bescheuert? Ich lass nicht an mir rumpfuschen.«

»Ich hab nichts von rumpfuschen gesagt. Ich sage nur: Wer will, der kann auch.«

»Ich will nicht.«

»Verstehe.«

»Also.«

»Also was?«
»Dann war's das, oder?«
»Sieht so aus.«
»Na dann.«
»Mach's gut, Chastity.«
»Mal sehen.«

31. DEZEMBER:
Raketen, Baby

Es ist wie jedes Jahr am Silvesterabend: Um Punkt sechs Uhr, in der Zeit vor dem großen Ballern, steht der Faller an meiner Tür und wartet auf mich. Und dann machen wir einen Spaziergang, schnurstracks laufen wir auf die Elbe zu, unten am Hafen biegen wir rechts ab, und dann gehen wir und gehen und gehen. Unter unseren Füßen liegt der Schnee, auf der Elbe schwimmen dicht an dicht die Eisschollen, der Fluss ist so voll davon, die können sich kaum noch bewegen. Sie bilden fast eine zusammenhängende Eisdecke, aber nur fast. Das ergibt eine merkwürdige Geräuschkulisse, ein Knirschen und Kratzen und Schubbern. Hin und wieder jagen ein paar Jungs buntes Raketenfeuer in die Luft. An Silvester weiß der Faller so wenig, wohin mit sich, wie ich das ganze Jahr über. An Silvester kümmert sich der Faller nicht um mich, an Silvester kümmere ich mich um den Faller. Das machen wir seit sieben Jahren so. Seit der Faller am Neujahrsmorgen aufgewacht ist und nichts mehr war wie vorher.

Je nach Gemütslage ist unser alljährlicher Silvesterspaziergang für den Faller entweder ein sentimentaler Toast auf unsere Freundschaft – oder ein Countdown zum Jahrestag seiner Demontage. Heute, ich glaube, weil der Faller sich erkältet hat, geht es geradewegs in Richtung Countdown.

»Vor sieben Jahren um diese Zeit saß ich mit meiner Frau in der Küche und hätte nicht im Traum gedacht, dass mich der Albaner mal so reinlegen könnte«, sagt er und schnieft und schmeißt seine Zigarettenkippe aufs Kopfsteinpflaster am alten Fischmarkt.

Rund um die Fischauktionshalle wird gerödelt und geschoben und geschuftet, für die große Party heute Nacht.

»Vor sieben Jahren um diese Zeit hatte ich bestimmt schon mein erstes Bier«, sage ich, auch um ihn ein bisschen aufzuheitern. »Mein Gott, war ich da noch jung.«

Mein Aufheiterungsversuch kommt nicht so richtig an, der Faller hat die Augenbrauen zu einer dunkelgrauen Linie zusammengezogen und ist mit den schwarzen Ecken seiner Biografie beschäftigt. Er hat seinen Hut tief ins Gesicht gezogen, seine Schultern sind so angespannt, dass sein Kopf sich fast dazwischen verstecken könnte. Er spult das Ding ab, das damals passiert ist, und das geht so:

Vor sieben Jahren um diese Zeit haben wir telefoniert, weil mir so einsam war und ich nicht wusste, wie ich die Silvesternacht überleben soll. Wir trafen uns an der

Würstchenbude vor der Davidwache, der Faller hatte einen bösen Streit mit seiner Frau hinter sich, weil er mich nicht alleinlassen konnte, seine Frau und seine Tochter aber schon. Wir stürzten uns mittenrein, in unsere große Silvesterkieztour, hey ho, das sollte ein Spaß werden. Der Faller war damals eine große Nummer auf Sankt Pauli, bekannt wie ein bunter Hund, und alle mochten ihn. Alle, bis auf ein paar Jungs aus Albanien. Wir blieben eine Weile im *Silbersack* hängen, da war die Hölle los, da steppten die Opas auf dem Tresen.

Draußen tanzten die Schneeflocken. Wir tanzten erst in die *Regina Disko* auf der Großen Freiheit und dann in die *Washington Bar,* wir tanzten, bis uns die Knochen weh taten. Eigentlich tanzen wir ja nicht, weder der Faller noch ich, aber in dieser Nacht war alles anders. Wir waren Könige. Und als das neue Jahr über uns hereinbrach, hatten wir keine Ahnung, was es uns noch alles bringen sollte. Irgendwer, den der Faller kannte, schleifte uns in diese Wohnung über der Hafenstraße, mit einem großen Blick über die Industrieromantik, der uns weich machte in den Knien. Unsere Köpfe waren auch so schon ausreichend aufgeweicht, da hatte der Alkohol ganze Arbeit geleistet. Es wurde nachgeschenkt. Und bei uns gingen die Lichter aus.

Ich bin in der Bar im Erdgeschoss aufgewacht, hatte mich auf der Eckbank zusammengerollt. Kein Faller, nirgends. Ich hab mich in den Tag geschält und gesehen, dass die Tür zu dem Haus offen stand, in dem wir letzte Nacht versunken sind. Ich bin die Treppen hoch, die Wohnungstür war auch auf. Ich bin da rein, mit einem Summen in den Ohren, ich wusste, dass ich mich auf was gefasst machen musste. Ich wusste, dass was passiert war. Die Wohnung wirkte nicht ansatzweise so lauschig und warm wie noch vor ein paar Stunden. Sie war kalt, schmutzig und unbewohnt. Der Faller lag im Schlafzimmer, auf einem fleckigen Bett. Seine Klamotten waren im Raum verstreut. Neben ihm lag ein Mädchen in roter Unterwäsche. Das Mädchen war tot. Auf dem Mädchen lag ein Zettel. Auf dem Zettel stand:

HALT DICH RAUS, ALTER MANN.

Der Faller hatte dem Albaner in den Wochen und Monaten davor richtig Probleme gemacht. Er hatte sich ja vorgenommen, den Albaner vom Kiez zu vertreiben. Jetzt hatte der Albaner den Spieß umgedreht.

Ich hab erst Klatsche angerufen, der hat das Mädchen weggebracht.

Dann hab ich den Calabretta angerufen, der hat den Faller weggebracht.

Niemand außer Klatsche, dem Faller und mir weiß von dem Mädchen. Der Calabretta kennt nur den Zettel.

Der Faller quält sich seitdem. Denn er kann genauso wenig wie ich mit Sicherheit sagen, dass er das Mädchen nicht auf dem Gewissen hat. Die haben uns ausgeknockt damals. Die haben uns was in die Drinks getan. Wir waren so wehrlos wie die Obdachlosen, die im Bunker vermöbelt wurden. Und wir haben keinen blassen Dunst, was in der Zeit passiert ist, als es in unseren Köpfen dunkel war.

Wir sitzen auf einer Mauer, vor uns liegt der Sand-
strand, links neben uns schiebt sich die durchgefrore-
ne Elbe sachte in Richtung Meer. Ich bin ganz nah an
den Faller rangerückt, so nah, wie es gerade noch geht,
ohne dass es ihm oder mir unangenehm wäre. Wir
rauchen. Ziehen mit dem Rauch die kalte Luft ein und
beruhigen unsere inneren Schwellungen.

»Die kriegen nicht viel für ihre Prügeleien, oder?«
Der Faller kuckt auf die Elbe, mit grauen Wolken in
den Augen. Irgendwie ist der ganze Kerl heute eine
einzige graue Wolke.

»Na ja«, sage ich. »War immerhin gefährliche Körper-
verletzung. Kommt auf den Jugendrichter an. Aber
die sind ja vorher alle nicht auffällig geworden. Ich
tippe mal auf Jugendstrafe mit Bewährung. Plus halbes Jahr Anti-Aggressionstraining. Mehr wird da
wahrscheinlich nicht bei rumkommen.«

Ich schmeiße meine Kippe in den Sand.

»Ich hab immer noch nicht begriffen, warum die das
gemacht haben. Die Obdachlosen haben denen nichts
getan. Die waren einfach nur da. Es ist doch auch nicht
so, dass die irgendwem was wegnehmen. Ich versteh
das nicht.«

»Es liegt immer an der Familie«, sagt der Faller. »Wenn
es in der Familie nicht stimmt, geht's schnell schief.«

»In meiner Familie hat gar nichts gestimmt«, sage ich.
»Und ich hab auch nicht angefangen, wehrlose Leute
zu Brei zu schlagen.«

»Sie sind zu Mitgefühl fähig, Chas. Und das hat Ihnen
irgendwer beigebracht. Vermutlich war es Ihr Vater.

Er hat Ihnen sein Herz gezeigt, seinen Schmerz. Das war vielleicht nicht schön, aber er hat Sie mitgenommen, in die Welt der Gefühle.«

Ich ziehe an meiner Zigarette und zucke mit den Schultern. Ich tue so, als wäre nichts. Ich tue so, als würden mir nicht die Tränen in die Augen steigen.

»Dass Sie nicht in der Lage sind, in Ihrem Privatleben was draus zu machen, ist eine andere Sache«, sagt der Faller. »Aber Sie kennen die Regeln unseres sozialen Lebens, Sie wissen, was Menschlichkeit ist. Wer das zu Hause nicht mitkriegt, dem nützt auch das schönste Kinderzimmer nichts.«

Er schiebt seinen Hut ein Stück nach hinten, zieht noch mal an seiner Zigarette und schmeißt sie weg.

»Die jungen Leute sehen diesen Egoismus, der um sich greift. Die Gier. Die Selbstverständlichkeit, mit der sich jeder einfach nimmt, was er haben will. Wir leben in einer Gesellschaft, die in sich gewalttätig ist. Wir achten nicht auf die, die zurückbleiben, nachdem wir uns bedient haben. Das kann junge Männer auf direktem Weg in die Katastrophe schicken. Männer jagen gern. Und sie mögen es, die Beute zappeln zu sehen. Das ist ein hilfreicher Instinkt, wenn man überleben will, aber auch ein sehr gefährlicher. Auf den müsste eine Gesellschaft besser aufpassen, als unsere es tut.«

»Warum haben die Mädchen mitgemacht, Faller?«

Jetzt zuckt er mit den Schultern.

»Mit den Dämonen von Frauen kenne ich mich nicht aus«, sagt er.

Ich mich auch nicht. Ich hab meine ja von meinem
Vater geerbt.

»Wissen Sie, was ich gut finde, Chas?«

»Nein, Faller, weiß ich nicht.«

»Dieser Wolfsmensch in seinem Keller, der hat den
Kindern und auch allen anderen gezeigt, wie höhere
kulturelle Entwicklung geht.«

»Weil er an Weihnachten nicht allein sein wollte?«

Verdammt. Ich muss an meine Mutter denken.

»Weil er auf Gewalt nicht mit Gewalt geantwortet hat.
Er hat darüber nachgedacht, und das können wir auch
alle nachvollziehen, aber er hat es nicht gemacht. Er
hat Yannick und Angel kein Haar gekrümmt. Er hat
ihnen was zu essen gemacht.«

Ich muss lächeln. Der Faller hat recht. Der Wolfsmensch
hat den Jugendlichen eine doppelte Lektion erteilt. Erst
hat er ihnen eine Scheißangst eingejagt. Und dann hat er
ihnen gezeigt, wie man miteinander umgeht.

»Trotzdem muss er wahrscheinlich in den Bau«, sagt
der Faller, »während die Herrschaften gemütlich frei
rumlaufen.«

»Ach«, sage ich, »das ist doch gar nicht so schlecht.
Der ist nach ein paar Monaten wieder draußen. Und
er hat in der kalten Zeit wenigstens ein Zimmer mit
Heizung. Und ein richtiges Bett unterm Arsch.«

»Stimmt«, sagt der Faller. »Der ist erst mal weg von
der Straße.«

Er kuckt in den Himmel. Ich mache mit. Die Wolken
ziehen schneller als die Elbe.

»Wie sieht's da eigentlich bei Ihnen aus?«

»Wie sieht was bei mir aus?«
»Das Leben auf der Straße«, sagt er, »das Herz auf der Flucht.«
Er sieht mich an.
»Keine Ahnung«, sage ich. »Er fehlt mir.«
»Wer?«
»Klatsche.«
»Der würde mir an Ihrer Stelle auch fehlen.«
»Ich würde ihn gerne anrufen«, sage ich.
»Machen Sie doch«, sagt der.
»Geht nicht.«
»Warum nicht?«
»Ich hab ihn beschissen«, sage ich.
»Ich weiß«, sagt der Faller.
»Woher wissen Sie das?«
»Wissen alle«, sagt er.
»Aha.«
»Rufen Sie ihn an«, sagt er. »Der kann das ab.«
»Was?«, frage ich. »Das Anrufen oder das Bescheißen?«
»Beides.«
Wir rutschen von der Mauer runter, gehen noch eine Weile am Strand entlang, schmeißen ein paar Steine und Stöcke auf die Eisschollen. Wir feuern Strandgut ab. Dann geht der Faller nach Hause, und ich gehe irgendwohin.

Es ist, als würde ich in einem Wirbelsturm stehen, genau in der Mitte. An dem Punkt im Sturm, an dem es ganz still ist. Da stehe ich also, und mein Blick klettert an dem Haus hoch, in dem ich wohne. Ganz langsam, Etage für Etage, Balkon für Balkon. Der Efeu, der zärtlich am ganzen Haus hochkriecht und es vielleicht eines Tages zum Einsturz bringen wird. Die schmiedeeisernen Balkongeländer. Der schmutzige Stuck, hier noch dran, da schon ab. Links und rechts fliegen die Raketen, am Himmel platzt das Feuerwerk auf. Noch eine halbe Stunde, dann ist Mitternacht. Schluss, aus, fertig mit diesem Jahr. Das nächste, bitte. Silvester mag ich vom Prinzip her eigentlich ganz gern.

Meine Wohnung im dritten Stock ist dunkel. Schwarzdunkel. Da ist nicht mal ein Glimmern hinterm Fenster. Die Wohnung nebenan, Klatsches Wohnung, leuchtet ganz sachte. Nicht so wild und fröhlich wie sonst, aber sie leuchtet. Er ist da.

Der Faller hat gesagt, ich soll Klatsche anrufen. Ich weiß nicht. Ich drücke mich lieber ein bisschen im Schatten rum. Nur noch zehn Minuten drück ich mich rum, hier unten im Hauseingang.

Dann nehme ich mein Telefon, wähle Klatsches Nummer und trete ins zuckende Licht der Silvesternacht.

»Hey«, sagt er.

»Ich bin's«, sage ich.

»Ach nee. Wo steckst du denn?«

»Ich bin unten«, sage ich.

Er antwortet nicht, kommt aber ans Fenster. Hebt vorsichtig die Hand.

»Hallo«, sage ich.

»Hallo, Baby.«

»Nenn mich nicht Baby«, sage ich.

Ich sehe, dass er grinsen muss.

»Was hast du denn noch vor heute?«, fragt er.

»Nichts Besonderes«, sage ich. »Vielleicht ein paar Knallfrösche werfen.«

»Ich hätte Raketen hier«, sagt er.

»Raketen kann ich gut gebrauchen«, sage ich. »Komm doch mal runter.«

»Kommst du danach mit mir nach oben?«, fragt er.

Ich nicke, und er kann es sehen.

»Aber wir machen kein Bleigießen, okay?«

»Niemals«, sage ich. »Bleigießen ist was für Idioten.«

Ich lege auf, sehe, wie er sich eine Zigarette anzündet, dann ist er weg vom Fenster. Ein paar Augenblicke später geht im Treppenhaus das Licht an. Als er vor mir steht, in der einen Hand seine Zigarette, in der anderen Hand fünf Raketen, ist es, als würde warmer Honig in mein Herz laufen. So sieht meine Heimat aus: dunkelblonde, struppige Haare über grünen Augen, Sommersprossen und einem unverschämten Grinsen. Ohne Heimat lebt es sich einfach nicht besonders gut.

»Und?«, fragt er.

»Was und?«

»Bist du wieder da? Kann ich wieder mit dir rechnen?«

»Kannst du«, sage ich.

»Und was mach ich, wenn du wieder abhaust?«

»Du haust ja auch manchmal ab«, sage ich.

»Das ist natürlich richtig«, sagt er, zieht an seiner Zigarette und macht ein Steve-Mc-Queen-Gesicht in Richtung Hafen. »Schlaues Mädchen.«

Er kuckt einmal nach links und einmal nach rechts, so als würde er für uns beide den günstigsten Weg durchs Feuergefecht suchen, und ein bisschen ist es ja auch so. Das Auge des Sturms, in dem ich eben noch stand, hat sich aufgelöst oder ist zumindest eine Straße weiter gezogen. Wir befinden uns mitten im Gewirbel, mitten im Geballer. Um uns herum fliegt alles in die Luft. Es ist zehn Minuten vor zwölf.

»Hier lang«, sagt Klatsche, schmeißt seine Zigarette weg, nimmt meine Hand und zieht mich in Richtung Apotheke, ganz nah an den Häusern entlang. So kurz vor dem Jahreswechsel ist es auf Sankt Pauli immer, als wären die apokalyptischen Reiter unterwegs, aber die lustigen.

»Scheiß Bürgerkrieg«, sagt Klatsche, zieht mich um die Ecke, und wir finden einen sicheren Platz im nächsten Hauseingang. Da stehen wir also, Hand in Hand, und warten auf Mitternacht. Über uns explodiert das Firmament. Gleich wird man von dem ganzen Feuergetöse nichts mehr sehen. Dann wird so viel Rauch über den Dächern stehen und von der kalten Luft nach unten gedrückt, dass die Straßen in dichten Nebel gehüllt sind.

»Hast du eine Uhr dabei, Frau Staatsanwältin?«

Ich hole mein Telefon aus der Manteltasche.

»Noch sieben Minuten«, sage ich.

»Das sollte reichen«, sagt er.

»Wofür?«

»Hierfür«, sagt er, zieht mich an sich und fängt an, mich zu küssen, als gäbe es einen Wettbewerb zu gewinnen. Ich lasse es zu, und ich lasse mir alles wegküssen von ihm. Alles, was die letzten Tage so schwergemacht hat. Das konnte er schon immer. Mir die Last aus dem Kopf küssen. Die Dunkelheit wegwischen. Da hat er irgendeinen Trick auf Lager. Als Schluss ist mit der Küsserei, stellt er mich an der Hauswand ab und sagt:

»Jetzt aber Raketen, Baby.«

Er steckt eine nach der anderen in eine leere Sektflasche, die auf dem Gehweg rumsteht. Er schickt bunte Leuchtkugeln in die Wolken, und ich lasse den Gedanken zu, dass die nur für uns sind.

Wenn ich das richtig sehe, fängt es gerade wieder ganz leicht an zu schneien.

Der Schnee wird sich schwertun heute Nacht.

Das Feuer, das auf Sankt Pauli brennt, ist mächtiger.

DANKE AN:

Werner Löcher-Lawrence, der das Motiv erkannt hat.

Carolin Graehl, die sich ein weiteres Mal liebevoll reingefuchst hat.

Sarah Pilger und Jochen Kunstmann, wegen dieser Faust-aufs-Auge-Umschläge, die ich so mag. Und Michaela Lichtblau für das schön gestaltete Innenleben.

Gerald von Foris, für den langen, lustigen Gang durch Sankt Pauli.

Sonja Rosebrock, für den schnellen Gang in den Keller und die Möwe Sturzflug.

Allen Freunden, Nachbarn und Fremden, die meine Figuren mit Farben füllen.

Romy und Wilhelm, die es immer wieder schaffen, mir Zeit zu schenken und den Druck rauszunehmen.

Domenico, der mir zuhört und mich einnordet und sowieso und für alles und in Liebe.

Rocco, der zwar noch nicht lesen kann, sich seine Lieblingsbücher aber trotzdem selber vorliest, wenn ich arbeiten muss. Ich freue mich jeden Tag darüber, dass du in meinem Leben bist.

Maurice Sendak, für die wilden Kerle.